KB237166

국제어 시대의 민족어

문학과지성사

1998

문학과지성 산문선
국제어 시대의 민족어

초판발행 1998년 6월 5일
6쇄발행 2008년 1월 8일

지 은 이 복거일
펴 낸 이 채호기
펴 낸 곳 (주)문학과지성사

등록번호 제10-918호(1993. 12. 16)
주   소 서울 마포구 서교동 395-2(121-840)
전   화 02)338-7224
팩   스 02)323-4180(편집)   02)338-7221(영업)
전자우편 moonji@moonji.com
홈페이지 www.moonji.com

ISBN 89-320-1007-2

국제어 시대의 민족어

책머리에

    지금 우리 사회가 맞은 문제들 가운데 하나는 민족주의를 제어하는 일이다. 그것은 실은 가장 중요하고 어려운 문제일지도 모른다. 우리 사회에서 민족주의는 그저 강렬한 것이 아니라 거의 맹목적이기 때문이다.

    민족주의가 강렬하지 않은 사회가 있을 리 없지만, 우리 사회처럼 민족주의가 모든 사회 문제들에 대한 시민들의 판단을 뒤틀리게 하는 경우는 드물다. 이번 경제 위기를 통해 아프게 드러난 것처럼, 생존을 교역에 크게 의존하면서도, 우리 사회는 지나치게 다른 나라들에 대해 적대적이어서, 자신의 이익을 스스로 줄인다. 지나치게 이기적인 행태가 자기 이익에 도움이 되는 경우는 없지만, 지금처럼 모든 문명들이 하나의 '지구 제국'으로 통합되는 때엔, 그것은 특히 비적응적이다. 시민들의 애국심이라는 소중한 사회적 자산이 우리 사회를 실제로 이롭게 하려면, 거친 민족주의를 길들이는 일이 필수적이다.

　민족주의는 민족어와 관련해서 가장 강렬하게 나온다. 민족어는 한 민족을 다른 민족들과 가르는 주요 특질이고, 자연히, 민족주의는 늘 민족어를 중심으로 자라나고 드러나게 마련이다. 이런 사정은 지금 영어가 막 세계어로 자리잡았다는 사실과 부딪친다. 민족어에 대한 애착과 세계어를 받아들여야 할 경제적 논리가 우리의 선택을 무척 어렵게 한다.

　여기 실린 글들은 우리 사회의 민족주의와 민족어에 관련된 문제들을 다루었다. 그 문제들을 푸는 일은 어렵고 시급하지만, 아직 논의다운 논의가 나오지 않았다. 모두 민족주의자로 자처하고 민족어에 대한 애착을 표시하는 것으로 충분하다고 여긴다. 분명한 것은 그것으론 충분하지 않고 점점 더 불충분해지리라는 점이다. 어떤 뜻에서 더욱 중요한 점은 우리 사회에서 민족주의와 민족어는 너무 예민한 주제들이어서 논의가 차분히 진행되기 어렵다는 사정이다. 그래서 그것들은 상당한 감감(減感)*desensitization*이 필요하다. 이 책이 그런 일에 도움이 되는 행운을 감히 탐낸다.

1998년 5월

복 거 일

책머리에

차 례

사람의 언어들에서 근본적인 것은
그것들이 어떤 것을 기술하는 데 쓰일 수 있고
쓰여야 한다는 것이다;
그리고 이 어떤 것은, 어찌 되었는지, 이 세상이다.
늘 그리고 거의 전적으로 매체에
—안경을 닦는 일에—
관심을 쏟는 것은 철학적 잘못의 결과다.
—칼 포퍼

1

'지구 제국' 시대의 민족주의

차이나타운·코리아타운

　재일 동포들이 가와사키 시에 차이나타운을 본떠서 코리아타운을 세우려 한다는 얘기가 들린다. "일본에 5만 명밖에 없는 중국인은 차이나타운을 건설했는데, 한국인은 70만 명이나 되면서도 코리아타운이 없다는 데 아쉬움을 느꼈다"는 얘기에서 드러나듯, 그 일을 추진하는 사람들은 차이나타운을 부러워한다. 차이나타운에 대한 그런 선망은 이미 로스앤젤레스의 흑인 폭동 때 나왔었다. 서울의 대중 매체들과 로스앤젤레스의 동포들이 모두 차이나타운을 낯선 환경에 대한 현명한 대응으로 여겼고 그런 집단을 이루지 못한 우리 동포들의 어리석음을 꾸짖었다.

　차이나타운에 대한 그런 견해가 해외 동포들의 미래에 작지 않은 영향을 미치므로, 차이나타운의 역사와 성격에 대해 살피는 것은 뜻을 지닐 것이다.

차이나타운은 페루의 수도 리마에서 가장 먼저 나왔다는 것이 정설이다. 늦게 잡아도, 19세기 중엽엔 리마에 중국인들로만 이루어진 구역이 존재했다. 그렇게 된 까닭은 페루 해안의 섬들에서 비료로 쓰인 구아노를 캐내는 일에 중국인들이 많이 동원되었기 때문이다.

중국인들이 많이 모였다고 해서, 차이나타운이 꼭 나와야 하는 것은 아니다. 그것이 나오려면, 먼저 주인인 페루 사회가 중국인들을 받아들이지 않거나 중국인들이 스스로 흡수되기를 거부해야 한다. 리마의 경우는 전자였다.

18세기와 19세기에 거의 전세계에 걸쳐 동원된 중국인 쿨리들은 사람 대접을 받지 못하고 아주 나쁜 환경 속에서 가혹한 착취의 대상이 되었다. 그들은 흔히 아프리카 서해안의 흑인들처럼 중국 해안에서 납치되었고 (사람들을 배로 납치하는 것을 뜻하는 영어 낱말 'shanghai'에 그런 사정이 반영되었다) 아주 나쁜 조건으로 해외에서 일하는 계약에 동의해야 했고 아프리카 노예선과 비슷한 상태의 배들에 의해 먼 땅으로 실려갔고(낡은 배들에 너무 많은 사람들을 실었고 중국인들은 사슬에 매여졌기 때문에, 항해중에 죽은 중국인들이 무척 많을 수밖에 없었다.

1850년대에 아메리카 대륙으로 실려간 중국인들 가운데 적게
는 15%에서 많게는 45%가 항해중에 죽었다) 낯선 땅에서
아무런 희망도 없는 노예 노동에 종사해야만 했다(그래
서 고통과 절망으로부터 잠시 도피하는 아편과 도박이 그들
의 삶의 유기적 부분이 되었다).

페루의 구아노 광산에서 일하는 것은 특히 힘든 일이
었으니, 작업도 힘들었지만, 해방된 흑인 노예들이 감독
관들로 그들을 모질게 부렸다는 점도 있었다. 이래저래
중국인들은 페루 사회 속으로 받아들여지지 못했고 그
들은 어쩔 수 없이 비참한 빈민촌인 차이나타운을 이루
었다.

Ⅲ

그런 사정은 미국에서 심화되고 확대되었다. 인종적
으로 백인이 아닌 탓에, 중국인들은 어쩔 수 없이 극심
한 차별 대우를 받았다. 게다가 그들은 캘리포니아에 많
이 모였으므로, 경기가 나빠지면, 백인들로부터 배척을
받을 수밖에 없었다. 19세기 후반 캘리포니아의 불경기
때 그들은 특히 심한 배척과 박해를 받았다.

그런 상황 속에서 1882년엔 악명 높은 '중국인 배제
법 Chinese Exclusion Act'이 만들어져 중국인 노동자들의
이민이 금지되었다. 이어 네 해 뒤엔 야만적인 '스콧 법

13

차이나타운 · 코리아타운

Scott Bill'이 만들어져서, 일시적으로 미국을 떠난 중국인들의 재입국이 금지되었다. 그 바람에 당시 중국을 방문했던 2만 명의 중국인들이 미국으로 돌아올 수 없게 되었다. 당시 중국인이 겪었던 어려움은 그 당시에 만들어진 'Chinaman's Chance'라는 말에 반영되었다. 그 말은 '거의 가망이 없는 상태'를 뜻한다.

이런 어처구니없는 일이 벌어지는 상황 속에서, 1886년 뉴욕에선 프랑스 사람들이 선물한 '세계를 밝히는 자유Liberté Eclairant Le Monde'라는 이름을 가진 조각이, 곧 뒤에 '자유의 여신상Statue of Liberty' 이라고 불리게 된 거대한 조각이, 대통령 그로버 클리블랜드가 참석한 가운데 제자리를 잡았다.

내게 주시오, 당신의 지친 이들을, 당신의 가난한 이들을,
자유롭게 숨쉬기를 갈망하는 당신의 움츠린 대중들을,
당신의 들끓는 해안의 비참한 쓰레기들을.
이 사람들을, 집 없는 이들을, 폭풍에 시달린 이들을 내게 보내시오,
황금문 옆에 나는 등을 매답니다.

유럽 사람들을 크게 감동시킨 엠마 래저러스의 「새로운 거인」이란 시가 대좌에 새겨진 그 조각이 제막되었을

때, 고향을 찾은 중국인들이 다시 일터로 돌아오는 것을 막은 법률이 만들어졌다는 것은 미국 사회와 중국계 이민들 사이의 관계에 대해 많은 것을 얘기해준다.

이렇게 보면, 차이나타운은 결코 바람직한 현상이 아니다. 그것은 '자유의 빛'을 받지 못한 이민들이 어려운 여건 속에서 생존하는 과정에서 나온 슬픈 현상이다. 그것은 주인인 미국 사회와 이민인 중국인들 모두의 실패를 상징한다. 자연히, 그것은 건강하지도 아름답지도 않다. 영국에서 사는 화교인 린 판의 말을 빌리면, 차이나타운은 "화석이 된 문화의 동굴"이다. 그런 동굴 속에 웅크리고 살면서, 그들은 박해의 손길을 피한 것이다.

IV

우리 사회에 널리 퍼진 차이나타운에 관한 또 하나의 '신화'는 "중국인들은 단결하여 차이나타운을 이루었는데, 왜 한국인들은 단결하지 못하나?"라는 탄식에서 드러나는 견해, 곧 차아니타운이 단결과 협동의 상징이라는 견해다. 알고 보면, 사정은 크게 다르다.

현재 3천만 명이 된다는 화교들의 대부분은 광동성과 복건성 두 곳에서 나왔고 '중국의 집시'라고 불리는 하카(客家) 사람들이 세번째 큰 집단을 이룬다. 그들 사이의 싸움은 이미 중국 본토에서 시작되어서 어디서나 끊이지 않는다. 게다가 그들은 혼인하는 법이 없고 말도 통하지 않아, 실제로 최근까지만 하더라도 서로 다른 민족들이었다. 그리고 그런 싸움은 중국 이민 사회에 뿌리를 내린 비밀 결사들의 세력 다툼으로 격화되었다.

영국이 그런 분열과 싸움을 이용하여 그들을 다스린 것은 잘 알려졌다. 싱가포르를 중심으로 한 말라카 식민지에서 영국 식민지 당국은 다섯 개 중국 방언들을 바탕으로 중국인 사회를 나누어 다스렸다.

낯선 사회에 닿은 이민들이 한데 모여 서로 의지하는 것은 필연적이다. 먼저 닿은 사람들이 친척들과 동향 사람들을 불러오는 것이 관례인 경우엔 특히 그렇다. 그러나 그들이 차이나타운처럼 주인 사회와 뚜렷이 구분되는 집단을 이루는 것은 누구에게도 이롭지 못하다. 영양분을 잘게 쪼개어 세포막의 조그만 구멍들을 통과할 수 있도록 만든 뒤에야 사람의 몸이 그것들을 섭취할 수 있는 것처럼, 이민 집단이 잘게 분해되어야 주인 사회는 그들을 쉽사리 받아들여 시민들로 만들 수 있다.

한국인 이민들이 똘똘 뭉친 집단을 이루기보다는 개별적으로 주인 사회에 침투하여 쉽게 동화되는 경향이 있다면, 그것은 그들 자신들과 주인 사회 모두에 이로운 특질이다. 허물이 아니다. 이민의 궁극적 목표는 낯선 사회에 살러 간 사람들이 그 사회의 완전한 구성원들이 되어서 아무런 차별 대우를 받지 않게 되는 상태다. 낯선 사회에 모국의 풍물을 퍼뜨리는 교두보 노릇이 아니다. 그들이 지니고 간 옛 조국의 문화에서 새로운 조국의 문화에 이바지할 것이 있다면, 그것들은 그들의 지참금이고 그런 뜻에서 소중한 것이다.

V

우리 동포들이 모인 일본 도시에 코리아타운을 만드는 것은 상업적으로 그럴듯하게 보인다. 미국처럼 낯선 사회에서 차이나타운을 본보기로 삼아서 코리아타운을 이루는 것이 때로는 적절한 반응일 수도 있다.

그러나 차이나타운을 이민 집단의 이상적 모습으로 보는 것은 아주 잘못된 생각이다. 주인 사회에 받아들여지지 못해서 자신들끼리 모여 웅크리고 지내는 것에 선망의 눈길을 보내는 것은 어리석은 일을 지나 위험한 일이다.

동아시아의 과제

I

그저께 홍콩이 중국으로 반환되었다. 온 세계의 관심을 끌었을 만큼, 그것은 상징적으로나 실질적으로나 중요한 사건이었다.

근대 유럽의 팽창은 1410년대에 포르투갈의 해외 탐험으로 시작되었다. 우아한 '캐러벨'로 이루어진 포르투갈 함대는 '항해왕' 엔리케의 지도 아래 서아프리카 해안을 탐험했고 1498년엔 바스코 다 가마가 인도에 닿았다. 그보다 여섯 해 앞서 콜럼버스는 아메리카 대륙을 재발견했다. 마침내 16세기 말엽엔 왜군을 따라 '야소회' 소속 포르투갈 선교사들이 조선 땅을 밟았다. 그뒤로 '과학 혁명'과 '산업 혁명'의 도움을 받아, 유럽 세력은 세계를 지배하게 되었다.

유럽 세력의 그런 우세는 물질적 분야만이 아니라 정신적 분야에서도 절대적이었다. 유럽 문명이 워낙 우수

했으므로, 다른 문명들은 그것에 맞설 수 없었고 그들에게 생존은 유럽 문명의 성공적 흡수를 뜻했다. 지금 모든 사회들에서 지배적 이념과 제도들은 모두 유럽에서 나온 것들이다.

II

따라서, 유럽 문명을 가장 성공적으로 흡수한 나라인 일본이 맨 먼저 유럽 세력에 맞선 것은 이상하지 않다. 1904년 일본이 러시아에 싸움을 걸었을 때, 일본의 승리를 예측한 사람들은 드물었다. 유럽의 위세가 하늘을 찌르던 그때, 아시아의 소국이 유럽의 대국에 이기는 것을 상상하긴 힘들었다. 그래서 일본의 승리는 유럽의 압제에 시달리던 사람들에게 큰 충격과 용기를 주었다. 영국 문필가 에드워드 다이시의 말대로, "토착인 군대들은, 아무리 용감하더라도, 유럽 군대들에게 패배하게 마련이라는 확신이 뿌리째 흔들렸고," 유럽 세력의 핍박을 받던 아시아와 아프리카의 나라들에서 독립 운동이 치열하게 일어났다.

그러나 일본의 승리가 아시아에 독립과 번영을 불러오리라는 기대는 헛된 것이었다. 일본은 이미 조선을 강점하고서 식민 지배 체제를 굳히고 있었다. 그뒤로 반세기 동안 일본은 유럽의 제국주의에 깊이 물든 사회가 얼

19

동아시아의 과제

마나 큰 재앙인지 처절하게 보여주었다. 그래서 전쟁사가 존 풀러가 "1453년의 콘스탄티노플 함락과 함께 역사상 몇 안 되는 정말로 큰 사건들 가운데 하나"라고 평한 '여순 함락'의 뜻이 거의 잊혀진 것은 당연했다.

러일 전쟁이 일어난 지 꼭 반세기 만에, 유럽 세력의 압제에 대한 저항의 역사에서 아주 큰 뜻을 지닌 일이 다시 동아시아에서 일어났다. 1954년 5월 7일 베트남 서북부 프랑스군의 디엔 비엔 푸 요새가 55일 동안의 포위 끝에 베트민군에게 항복했던 것이다. 이 승리로 베트남의 북반부는 이내 독립을 얻었으니, 유럽 세력의 식민지로 전락한 민족이 싸움터에서의 승리로 독립을 되찾은 것은 그때가 처음이었다.

안타깝게도, 유럽 세력에 대한 승리는 이번에도 평화와 번영을 가져오지 못했으니, 디엔 비엔 푸의 승리에서 거의 반세기가 지난 지금도 베트남은 아주 가난하고 압제적인 사회다. 그렇게 된 데엔 외세를 물리치고 온전한 독립을 쟁취할 만큼 베트민의 세력이 크지 못했다는 사정도 있었지만, 보다 근본적 원인은 그들이 공산주의에 깊이 물들었다는 사실이었다. 중국, 캄보디아, 그리고 우리 나라에서 보듯, 유럽 세력이 동아시아에 끼친 해악은 그들의 직접적 행동보다도 그들이 퍼뜨린 공산주의라는 그릇된 이념에서 훨씬 크게 나왔다.

근년에 동아시아 사람들은 유럽 중심의 고정관념 하나를 다시 깨뜨렸다. 유럽의 '개신교 윤리'가 자본주의 발전의 원동력이라는 막스 베버의 주장이 나온 뒤로, 갖가지 이론들이 비유럽 사회들의 경제적 낙후가 피할 수 없는 운명임을 알게 모르게 가르쳐왔다. 역사상 가장 빠른 경제 성장을 이룸으로써, 동아시아 사람들은 자신들을 유복하게 만들었을 뿐 아니라 다른 뒤진 사회들의 시민들에게 경제적 풍요로 가는 길을 보여주었고 자유주의 경제학이 융성하는 데 결정적으로 기여했다.

걱정스럽게도, 그런 경제적 성취는 정치적 성취로 이어지지 않았다. 동아시아는 세계에서 가장 많은 병력이 모여 있고 군비가 두드러지게 늘어나는 지역이다. 한반도를 비롯해서 분쟁 지역들도 많다. 그러나 그렇게 큰 전쟁의 위험을 안고 있으면서도, 동아시아는 역내의 군사 문제를 상의할 국제 기구 하나 갖추지 못한 형편이다. 유럽이 '북대서양조약기구NATO'를 활용하는 것과 대조적이다.

홍콩의 반환은 동아시아가 유럽 세력의 진출로 잃었

던 위엄과 영토를 거의 다 되찾았음을 상징한다. 이제 유럽 세력에게 넘어간 땅은 연해주뿐이다. 그러나 1860년 러시아가 영국과 프랑스의 공격을 받은 중국에 외교적 도움을 주고 대가로 받은 연해주는 영구적으로 러시아의 땅으로 남을 것이다. 영토에 관한 한 유난히 제국주의적 행태를 드러내는 중국도 연해주는 '찾아야 할 고토(故土)'로 여기지 않는다.

이제 동아시아는 빠르게 모습을 갖춰가는 '지구 제국'의 일원으로 맡은 몫을 해야 할 것이다. 그러기 위해서는 먼저 역내에 평화적 질서를 마련해야 한다. 그것은 물론 무척 어려운 과제다. 그러나 난센이 말한 대로, "어려운 일은 조금 시간이 걸리는 일이다; 불가능한 일은 조금 더 시간이 걸리는 일이다." 1950년대 양차 대전의 잿더미 위에서 통일 유럽을 꿈꾼 사람들이 그 사실을 일깨워준다.

대양 해군에 관한 논의의 필요성

I

군대에 관한 정책과 전략이 시민들에게 알려지는 일이 드문 터라, 참모총장에서 물러난 안병태 제독의 이임사는 관심을 끈다. "김대통령이 95년과 96년의 해사 졸업식에서 대양 해군을 지향하라고 했으므로, 대양 해군의 건설은 국민적 합의가 이루어진 일이며, 누구도 그것을 반대해선 안 된다"는 것이 요지였다. 안제독은 '독도 분쟁'이 한창이던 때에 경항공모함 건조 계획을 직접 김대통령에게 보고해서 결재받았다는 애기도 나왔다.

쓸쓸한 얘기다. 대양 해군의 건설은 국방에서 중요한 일이며, 그것에 관해선, 시민들의 지지는 그만두고라도, 국회에서 제대로 논의된 적도 없었다. 따라서 그것은 해사 졸업식에서 대통령의 축사로 발표될 일이 아니다.

김대통령이 경항공모함 건조 문제를 다룬 방식도 그의 위험한 습관을 다시 보여준다. 그처럼 중요한 문제에 대해 합참이나 국방부와 협의하지 않고 순간적으로 혼자 결정한 것은 우리의 등골을 서늘하게 한다. 그런 결정이 '독도 분쟁'이 한창일 때 나왔고, 그가 민족주의를 자신의 정치적 자산을 불리는 데 여러 차례 이용해왔다는 사정까지 겹치면, 그 일엔 음산한 그늘이 드리운다.

게다가 해군 참모총장이 지휘 계통을 밟지 않고 자신과 직접 협의하도록 함으로써 김대통령은 결과적으로 '군간 알력 *interservice rivalry*'을 부추겼다. 군간 알력은 어느 나라에서나 나오며, 영국·미국, 그리고 이차 대전 이전의 일본과 독일에서 보듯, 다스리기가 아주 어렵다. 우리 나라에서 그것이 잘 띄지 않았던 것은 육군의 압도적 우세 때문에 잠복했기 때문이다. 그것을 부추긴 일은, 본의였든 아니었든, 걱정스럽다.

Ⅱ

위기로 몰린 대통령을 비판하는 것은 민망스럽지만, 위의 일들은 그냥 넘기기 어렵다. 경제에 무지한 대통령이 경제에 해를 입히는 데는 한도가 있다. 그러나 민족주의를 자신의 정치적 목적에 서슴없이 이용하는 정치 지도자는 단숨에 나라를 망칠 수 있다. 세르비아의 민족주의를 부추긴 슬로보단 밀로셰비치가 유고슬라비아를 망치는 데 얼마나 걸렸는가?

　월남전이라는 쓰디쓴 경험을 통해서, 미국은 국방에
관한 대통령의 행동을 통제하는 장치들을 잘 만들어놓
았다. 어떤 나라와 싸워도 질 위험이 없는 미국이 그러
한데, 전쟁의 위험이 가장 크다는 우리 나라에선 정치인
들과 정치학자들이 선거에 미칠 '북풍'을 얘기할 뿐 국
방에 관한 대통령의 의사 결정 과정에 대해서 너무 무지
하고 무관심하다. 이 점에 대한 논의는 시급하다.

III

　그러면 논의의 핵심인 대양 해군의 타당성은 어떠한
가? 분명한 것은 우리에게 대양 해군은 오랫동안 차분
히 논의해서 결정할 일이라는 점이다.

　먼저, 필요성의 문제가 있다. 우리 해군의 강화는 절
실하다. 북한에 대비해서만이 아니라 세계 해운의 4분
의 1이 지나고 우리의 석유 보급로인 남중국해를 자신
들의 실질적 내해로 만들려는 중국이 해군을 열심히 증
강한다는 사실도 생각해야 한다. 그러나 내해로 둘러싸
인 조그만 나라에서 대양 해군은 과연 필요한가? 그리
고 필요하다면, 점점 줄어드는 국방 예산에 들어갈 만큼
우선 순위의 앞쪽에 서는가?

　항공모함의 장래에 대한 물음도 있다. 항공모함의 전
성기는 1942년 5월에 시작되어 1991년 1월에 끝났다. 2

25

대양 해군에 관한 논의의 필요성

차 대전 초기까지만 하더라도, 항공모함은 함대의 주력인 전함을 보조하는 것이 교리였다. 그러다가 미국 함대와 일본 함대 사이의 '산호해Coral Sea 해전'에서 양쪽은 함재기들로만 싸웠고 본대들은 멀리 떨어져서 서로 보지도 못했다. 꼭 반세기 뒤 '걸프 전쟁'에서 미국 항공모함들부터 발진한 함재기들은 큰 몫을 했지만, 정작 사람들의 눈길을 끈 것은 이라크군을 아주 효과적으로 그리고 효율적으로 공격한 크루즈 미사일이었다. 그런 사정은 당연히 모든 군대들로 하여금 새로운 교리를 개발하도록 만들었다.

전차에서 항공기를 거쳐 우주선에 이르기까지, 첨단 무기 체계들에서 사람이 들어설 자리가 줄어드는 추세는 이미 오래 전에 나왔다. 기술이 발전하면서, 사람이 타면, 무기 체계의 값은 뛰고 성능은 떨어지는 사태가 나온 것이다. 그런 추세는 필연적으로 크루즈 미사일과 같은 무인 무기 체계의 역할을 늘린다.

게다가 항공모함은 점점 '앉은 오리'가 되어가고 있다. '포클랜드 전쟁'은 큰 배들이, 종류를 가릴 것 없이, 값싼 미사일 공격에 약함을 보여주었다. 대양에서 항공모함은 지름이 1천 킬로미터 가량 되는 너른 지역을 통제하고 첨단 방공 장비와 대잠수함 능력을 갖춘 배들에다가 잠수함까지 포함한 호위함들을 거느리고 기동하지

만, 요행히 방공망을 뚫은 크루즈 미사일이나 핵탄두를
갖춘 미사일로 격침될 수 있다.

실은 항공모함이 대양에서 군사력을 투사하는 유일한
방안도 아니다. 영국이 추진하는 크루즈 미사일을 갖춘
재래식 잠수함들과 미국이 추진하는 부선(艀船) *barge*에
수백 기의 미사일들을 실은 '무기창선 *arsenal ship*'들은
곧 상당수의 항공모함을 대체할 것이다. 무엇보다도, 항
공기의 성능이 나아지면서, 육상 기지의 공군력이 항공
모함의 필요성을 줄인다는 사정이 있다.

IV

대양 해군은 최면적 매력을 지녔다. 항공모함만큼 멋
진 무기가 몇이나 되는가? 경상적 착륙이 '통제된 불시
착'이라는 함재기를 몰고 조국을 지키는 것처럼 젊은이
의 피를 뜨겁게 하는 일이 있을까? 그래서 사관학교를
갓 나온 장교에서부터 바닷바람 속에 늙은 제독에 이르
기까지 모든 수병들에게 'Blue Water Navy'라는 말은 늘
무지개로 서고, 자연히, 대양 해군을 건설하자는 주장은
앞으로도 줄기차게 나올 것이다.

그러나 항공모함의 앞날엔 먹구름이 걸려 있다. 자연
히, 그런 주장을 펴는 사람들은 위에서 든 세 가지 물음
들에 답해야 할 것이다. 정치 지도자들에게만이 아니라

27

대양 해군에 관한 논의의 필요성

시민들에게도. 세금을 낼 시민들의 지지를 얻지 못한다면, 대통령의 서명이 든 계획도 그저 계획으로 머물 것이다.

동아시아의 핵무기 감축

I

지난 사십여 년 동안 일본의 줄기찬 재무장은 우리 마음에 점점 짙은 그늘을 드리웠다. 그래서 일본의 군비 확장이 눈에 뜨일 때마다, 우리 정부는 거의 반사적으로 반대하고 나섰다. 그러나 그런 반대가 일본의 정책에 조그만 영향이라도 미친 적은 없었다. 하긴 그런 반대는 일본의 정책에 영향을 미치겠다는 생각보다는 우리 국민들에게 정부가 그 성가신 문제에 대해 무엇인가 하고 있다는 것을 보이려는 생각에서 나왔다고 보는 편이 옳을 것이다.

우리 정부의 그런 태도를 크게 탓할 수도 없다. 절대적 힘을 지닌 미국이 격려하는 일이라서, 일본은 힘이 아주 작은 우리의 뜻을 태연하게 무시할 수 있었다. 게다가 외교 무대에서 우리가 일본에 크게 의지한다는 사정도 있었다. 소련이 우리 여객기를 격추했을 때 소련과 교섭할 통로가 없었던 우리가 먼저 매달린 나라가 일본이었음을 생각하면, 우리 정부가 일본에 대해 소극적 태도를 보이는 사정은 쉽게 이해할 수 있다.

II

우리 정부의 그런 소극적 태도는 일본의 플루토늄 수입 문제에서도 그대로 드러났다. 지난달에 서울에서 열린 제3차 한일원자력협의회에서 그 문제를 먼저 거론한 것은 우리가 아니라 일본이었다. 이어 우리는 그 플루토늄이 핵무기 개발에 쓰일 가능성에 관해 흔쾌히 받아들이기 어려운 일본의 설명을 그대로 받아들였다, 일본의 원자력 개발에 관한 태도를 긍정적으로 평가하면서.

생각할수록 아쉬워지는 일이다. 미국과 러시아가 제2단계 전략핵무기감축 START II 협정을 맺은 지금, 그 자리는 동아시아의 핵무기 감축을 거론할 좋은 기회였다. 우리 정부가 추구하는 외교적 목표가 북한의 핵무기 개발에 대한 두 나라의 공동 대응이라는 사정을 고려하더라도, 그렇다. 이 점과 관련하여, 우리 신문들이 이번 한일원자력협의회를 가볍게 다룬 것은 우리 모두가 진지하게 반성해야 한다. 우리 신문들이 대체로 국제적 감각에 무디고 시민들의 민족주의적 감정과 국제적 현실 사이의 틈을 메우기보다는, 동해의 이름을 바꾸자는 주장

에서 보듯, 오히려 그 틈을 늘린다는 사정은 크게 걱정
스럽다.

Ⅲ

　지금 일본의 군비 확장을 부추기는 요인은 크게 보아
서 둘이다. 하나는 물론 일본의 놀랄 만한 성장이다. 경
제적으로 세계를 이끄는 나라가 된 일본이 그런 처지에
걸맞는 정치적·군사적 역량을 지니려 하는 것은 거의
본능적인, 자연스러운 욕구다.

　다른 하나는 지정학적 요인이다. 러시아의 군비 감축
이 진행되는 지금, 동아시아에서 가장 위협적인 존재는
중국이다. 중국은 상당한 규모의 핵무기를 지녔고 미국
과 러시아 사이의 핵무기 감축 협상에 명시적으로 또는
묵시적으로 포함되어온 영국이나 프랑스와는 달리 핵무
기 감축 협상에 나온 적이 없다. 냉전이 끝났지만, 오히
려 핵전력과 재래식 전력을 아울러 늘리기 바쁘다. 게다
가 중국은 아주 노골적인 제국주의 정책을 추구하여 둘
레의 나라들과 끊임없이 분쟁을 벌였다. 중국 대륙을 차
지하자마자 북한군을 지원하여 우리 나라를 침입했고
그뒤로 러시아·인도·월남과 싸웠고 티베트를 강점했
다. 요즈음엔 동중국해와 남중국해의 섬들을 놓고서 일
본·대만·필리핀·월남과 다투고 있다. 무엇보다도,

31

그들은 "무력을 써서라도 대만을 병합하겠다"고 공언한
다. 그래서 소련의 위협에 대비해 군비를 늘려온 일본은
이제 중국의 위협에 대비하고 있다.

따라서 앞으로도 일본은 재래식 전력을 계속 늘릴 것
으로 보인다. 아울러, 현재의 추세가 이어진다면, 머지
않아 핵무기를 지니게 될 것이다.

이런 상황에서 일본에게 열린 가장 합리적인 길은 자
신이 핵무기를 지니지 않는 대신 중국도 핵무기를 줄일
것을 제안하는 것이다. 플루토늄의 수입이 동아시아 여
러 나라들에 준 불안을 핵무기에 관한 중국의 완고한 입
장을 바꾸는 지렛대로 삼는 것이다.

안타깝게도, 일본은 그 반대 방향으로 가고 있다. 동
아시아에 주둔했던 미군이 물러나면서 생긴 공백을 메
우고 중국의 군사적 위협에 대처한다는 명분 아래, 군비
를 늘리고 있다.

IV

이제 우리는 일본에게 그런 정책을 바꾸어 군비 감축
의 합리적 길을 고르도록 요구해야 한다. 그리고 그런
합리적인 길은 중국과의 군축 협상으로 시작된다는 사
실도 지적해야 할 것이다. 이번엔 우리가 모처럼 일본의
정책에 영향을 미칠 가능성이 있다.

한걸음 더 나아가서, 우리는 중국과 일본이 핵무기에
관해 협상하는 자리를 마련할 수도 있다. 우리의 외교
능력을 생각하면, 그런 일은 비현실적으로 보일지도 모
른다. 그러나 요즈음엔 모든 것이 빠르게 바뀌고 국제
관계는 특히 급격하게 바뀐다. 십여 년 전 우리 여객기
가 소련 공군에게 격추되었을 때, 우리는 소련을 직접
가리키지도 못하고 '제3국'이란 우스꽝스러운 용어를
썼다. 비행기를 공격한 나라가 제3국이면, 우리의 상대
국은 어느 나라인가? 이제는 처지가 다르다.

앞으로 우리의 외교 역량은 새 대통령이 중요한 나라
들의 정치 지도자들을 만나는 자리들을 마련하는 일에
투자될 것이다. 그런 자리들에서 동아시아의 핵무기 문
제는 좋은 의제가 될 것이고 새 대통령과 우리 정부의
도덕적 권위를 높일 것이다. 우리가 북한의 핵무기에 온
정신을 쏟지 않고 외교적 시야를 좀더 넓힐 수 있다면,
뚝심이 있는 정치가로 알려진 김영삼씨가 외교 무대에
서 큰 성과를 거둘 수 있을 것이다.

동아시아의 핵무기 감축

큰 이웃과 잘 지내는 슬기

우리와 일본 사이의 관계가 상당히 껄끄러워졌다는 사정이 반영된 탓인지, 요즈음 일본에 대해 적대적인 의견이 부쩍 두드러지고 있다. "일본이 크게 반성하지 않는 한, 일본과의 관계를 개선하는 짓은 어리석다. 손해를 좀 보더라도, 민족적 자긍심을 지키면서 일본과 담을 쌓고 살자"는 식의 극단적 애기까지 나왔다.

우리 사회에서 일본에 대한 증오와 불신이 아주 깊은 것을 생각하면, 이상한 일은 아니다. 실제로 그런 의견은 일단 우리 마음에 시원스럽게 닿는다. 그러나 우리는 그것이 갈 데까지 간 패배주의라는 점을 살펴야 한다. 우리가 언제까지라도 일본에 뒤질 수밖에 없다는 생각을 밑에 깔았을 뿐 아니라 우리가 이웃 나라와 잘 지낼 길을 찾는 일을 포기하자는 주장이란 점에서, 그것은 아주 고약한 패배주의다. 이웃 나라들과 함께 살아가는 일은 흔히 힘들고 화나고 메스꺼운 일이지만, 어느 사회도 그 일을 마다할 수는 없다. 이웃 나라들과 담을 쌓고 지내는 것은 그들과 관계를 맺지 않는 것이 아니다. 가장 나쁜 관계를 맺는 것일 따름이다.

우리가 일본과 담을 쌓고 지내는 일은 그렇게 해도 아쉬운 것이 없었을 옛날에도 가능한 일이 아니었다. 하물며 '지구촌'이나 '우주선 지구호'가 일상어가 된 지금에서랴. '좀 손해를 보더라도'란 말 속엔 얼마나 위험한 덫이 숨어 있는가.

더구나 지금 동아시아에서 우리와 일본만큼 체제와 발전 정도가 비슷하고 이해 관계가 겹치는 나라들은 드물다. 그런 사정을 보여주는 사실들은 어느 것부터 들어야 할지 모를 만큼 많지만, 우리와 일본 사이의 관계를 나쁘게 만드는 데 가장 큰 몫을 한 일본의 재무장에서 그런 사정이 역설적으로 잘 드러난다. 냉전 기간 동안 우리 군대는 일본을 지켜왔고 미국이 아시아에서 물러나는 지금 일본 군대는 중국과 러시아의 군대에 대해 억지력을 지닌 단 하나의 군대다. 그래서 비록 일본의 재무장이 우리에게 악몽들을 불러오지만, 그것이 동아시아의 군사적 균형을 유지하는 데 도움을 주어 우리에게 긍정적으로 작용하는 면을 지녔음도 분명하다.

여기서 지적해야 할 것은 우리를 가장 크게 위협해온

큰 이웃과 잘 지내는 슬기

세력은 중국이라는 사실이다. 중국인민지원군 사령원 팽덕회가 당사자였던 휴전 협정이 일깨워주는 것처럼, 우리 땅에 마지막으로 쳐들어온 군대는 중국 군대였다. 그리고 중국은 끊임없이 둘레의 나라들과 국경 분쟁을 벌이면서 제국주의적 태도를 거리낌없이 드러냈다. 게다가 통일이 되면, 우리는 휴전선보다 세 곱절이나 긴 국경에서 중국과 마주설 것이고 그 국경엔 역사적으로 두 나라 사이의 쟁점이었던 두만강 유역이 들어 있다. 일본의 재무장 문제가 나올 때마다 조건반사적으로 반대 성명만을 내는 우리 정부의 정책은 일본의 행동에 별다른 영향을 미치지 못할 뿐 아니라 어리석기까지 하다.

II

그러면 우리는 어떻게 해야 하는가? 당장 급하고 장기적으로도 중요한 것은 두 나라 시민들이 두 나라 사이의 관계에 대해 지닌 시각의 차이를 줄이는 일일 것이다. 그런 시각의 차이는 무척 크다. 그리고 우리로선 일본 시민들의 시야가 너무 편협하다는 생각이 들 수밖에 없다. 안타깝게도, 일본 시민들의 생각에 우리가 영향을 미칠 길은 거의 없다. 따라서 우리에게 합리적인 선택은 우리가 일본 시민들에게서 바랄 수 있는 것들을 현실적으로 줄이는 것이다. 우리는 개인적으로는 늘 그렇게 한

다. 어떤 사람이 너무 인색하거나 오만할 때, 우리는 그
에게 그 사실을 끊임없이 지적하지 않는다. 우리는 그에
게서 기대할 것을 가늠하고 거기에 맞춰 행동한다. 어째
서 우리는 집단적으로 그런 개인적 슬기를 잊는가?

그런 현실적 기대를 통해서 시각의 차이를 줄인 뒤에
야, 우리는 합리적 선택을 할 수 있다. 한번 그렇게 바라
보면, 전망은 뜻밖에도 밝다. 실제로 우리는 여러모로
앞선 일본의 뒤를 따라가면서 많은 이득을 얻을 수 있을
것이다. 이제 우리는 인정해야 한다. 우리가 일본을 이
웃으로 가져서 얻어온 이득이 작지 않음을. 그리고 한걸
음 나아가서, 국제 무대에서 아직도 인종 차별로 어려움
을 겪는 일본을 도와야 한다. 백인들이 지배하는 세계에
서 그런 협력은 우리에게 직접적으로 이득이 된다.

III

그런 뜻에서 이번에 우리 사회에 들어온 일본 상사들
이 수출 업무에 종사할 수 있게 한 것은, 비록 부분적 허
용이라 아쉬움이 남지만, 뜻있는 일이다. 그런 자유화가
우리에게 이롭다는 것은 이미 충분히 증명된 일이다. 더
욱이 어느 사회에서나 다국적 기업들을 어떻게 대하느
냐 하는 것은 경제 운영에서 아주 중요한 부분을 차지한
다. 데니스 엔카네이션이 최근에 주장한 것처럼, 다국적

큰 이웃과 잘 지내는 슬기

기업의 본지점 거래는 무역에서 중요한 몫을 차지한다. 우리 기업들이 해외에 세운 공장들에서 만들어진 제품들이 우리 시장으로 들어오는 사정에서 그 점이 실감된다. 우리 경제를 잘 알고 일본 시장에 대한 지식과 접근로를 갖춘 그들에게 우리 상품들을 본국에다 팔지 못하게 한 일이야말로 어리석음의 극치였다.

실은 우리는 거기서 더 나가야 한다. 일본 상사들의 한국 지점들에서 일하는 일본 사람들은 우리 사회의 한 부분이다. 비록 우리 사회를 이루는 동심원들의 맨 바깥 원이긴 하지만. 그래서 그들의 이해는, 비록 우리의 그것과 상당히 다를 수밖에 없지만, 많이 겹친다. 그리고 그들은 일본 사회에서 우리 사회를 가장 잘 이해하고 도울 집단이다. 왜 우리가 그들을 멀리 해야 하는가?

일본이 이 땅에서 물러간 뒤 세월은 많이 흘렀다. 그래서 우리도 일본도 많이 바뀌었다. 자연히 둘 사이의 관계에 대한 두 나라 시민들의 시각도 많이 바뀌어야 한다. 두 나라 모두 국제 사회에서 향상된 지위를 겨냥하는 지금, 우리가 현실적 판단에 바탕을 두고 큰 이웃과 슬기롭게 살아나갈 길을 찾지 못하리라고 지레 겁내는 패배주의야말로 우리가 경계해야 할 것이다.

한국판 실지 회복 운동

인류 역사에서 어떤 체제보다 억압적이었던 마르크스
주의 체제가 무너지자, 그 아래서 눌려 지냈던 사회적
힘들이 다시 제 모습들을 드러내기 시작했다. 그런 힘들
가운데 아마도 가장 거세고 위험한 것은 민족주의고 민
족주의에서 가장 거세고 위험한 모습은 '실지 회복 운동
irredentism'일 것이다. 지금 실지 회복 운동에서 나온
전쟁과 '인종 정화 *ethnic cleansing*'는 인류가 겪는 괴로
움에 가장 크게 기여하고 있다.

실지 회복 운동은 "자기 민족이 잃었거나 인종적으로
자기 민족에 가까운 사람들이 사는 땅을 자기 국경 안으
로 편입시키고자 하는 정당이나 사람들의 원칙·정책,
또는 행동"을 뜻한다. 그것은 원래 19세기에 가까스로
외세를 밀어내고 통일을 이룬 이탈리아에서 나온 운동
을 가리켰다. 지금 그것의 대표적인 예는, 유고슬라비아

가 그것을 이루었던 공화국들로 찢긴 뒤, 세르비아나 크로아티아가 보인 행태다. 소련을 이루었던 공화국들도 대부분 그런 행태를 보였다. 가까운 예로는 일본의 '북방 네 섬 반환 운동'이 있다.

Ⅱ

역사가 길고 민족주의의 물결이 거센 우리 사회엔 실지 회복 운동의 기운이 짙게 어린다. 지도에서 만주를 보면, 우리는 으레 그곳에 고조선·부여·고구려, 그리고 발해가 터를 잡았었다는 사실을 떠올리게 된다. 발해가 망한 지 천년이 넘었지만, 만주가 '잃은 땅'이란 생각은 아직 우리 마음속에 뚜렷하다. 그래서 『삼국사기』가 통일신라와 발해를 아우른 '남북조사(南北朝史)'로 이어지지 않았음을 꾸짖은 냉재(冷齋) 선생의 말씀이 아직도 우리 마음을 아프게 후려치고, "내가 일찍이 동쪽으로 용천(龍泉)에 이르러 옛 자취들을 찾으려 하였으나, 그저 누른 풀들이 소슬하고 강물이 우는 것만을 보았을 뿐, 고왕(高王)·무왕(武王)·문왕(文王)·선왕(宣王)의 뛰어난 공훈과 위대한 업적은 모두 이미 흩어져 사라져 버렸다"는 백암 선생의 절절한 비탄은 늘 우리 가슴에 아프게 닿는다. 러시아와의 교류가 제대로 시작되자, 우리 사회에서 먼저 나온 문화 사업이 발해의 유물을 찾는 일이었던 것도 그래서 자연스럽다.

　그런 상황에서 간도를 둘러싼 실지 회복 운동이 이어져왔다. 우리 선조들이 일찍부터 간도에 이주했고 조선 정부가 그 땅에 대한 관할권을 주장했으며 우리가 아니라 우리의 외교권을 강탈한 일본이 간도를 중국 영토로 인정했다는 사정으로 해서, 간도를 둘러싼 실지 회복 운동은 상당한 바탕을 갖췄다. 간도 문제는 분쟁의 양 당사자들 모두에게 만족스러운 방식으로 풀리기 어려울 터이므로, 그것은 예측 가능한 장래까지 우리를 고달프게 할 것이다.

Ⅲ

　그런 전망도 마음에 무겁게 얹히는데, 요즈음 느닷없이 새로운 형태의 실지 회복 운동이 고개를 들었다. 현재 국제적으로 '일본해'라고 불리는 동해를 예전 이름인 '조선해'로 바꾸자는 주장이다. 요즈음 신문들은 다투어 20세기 초엽까지도 조선해가 국제적으로 공인된 이름이었다는 것을 떠받치는 자료들을, 주로 오래된 지도들을, 새로운 발견이라고 소개하고 있다.

　원래 민족주의의 논리적 근거가 튼실하지도 아름답지도 못하고, 지구가 빠르게 하나의 문명으로 통합되어가는 지금은 민족주의에 바탕을 둔 일들을 칭찬하기가 어

한국판 실지 회복 운동

렵긴 하지만, 동해의 이름을 바꾸자는 주장에 대해선 좋은 애기를 단 한마디도 생각해낼 수 없다. 그것은 실지 회복 운동이 가질 수 있는 모습들 가운데서도 가장 해롭고 어리석은 모습이다.

먼저 비판되어야 할 것은 그것이 사실을 왜곡한다는 점이다. 근대에 동양을 찾은 서양 사람들 가운데 동해를 '조선해'로 부른 사람들이 많았음은 이미 오래 전에 널리 알려진 사실이고 논쟁의 대상이 아니었다. 그 사실이 이번에 처음 밝혀진 것처럼 흥분하고 옛 지도를 새로운 증거처럼 흔들어대는 것은 이해하기 어렵다.

서양 사람들이 동해를 '조선해'라고 부른 것은 자연스러운 일이었을 것이다. 동서가 비교적 고르게 발전했던 우리 나라는 동해 쪽에 큰 도시들과 좋은 항구들을 갖고 있었지만, 일본은 나라의 무게중심이 에도나 오사카와 같은 서남 해안의 도시들에 치우쳐 있었다. 그러나 모두 동해를 그렇게 부른 것은 아니며 '일본해'로 부른 서양 사람들도 많다. 실은 서양 사람들이 처음에 만든 지도들엔 동해가 '중국해'로 적혀 있다. 지리적 지식이 정확해지면서, 동해는 비로소 '조선해'나 '일본해'로 불리기 시작했다.

다음에 지적되어야 할 것은 이 경우엔 이름을 옛 것으로 되돌릴 논리적 바탕이 없다는 사실이다. 오해를 부를 수 있는 이름들이 있고 흉한 이름들도 있어서, 예전에 쓰이던 이름으로 바꾸는 것이 합리적일 경우들도 있다. 식민지에 붙여진 이름들을 지우고 옛이름들을 되살리는 경우가 대표적인 예다. 그러나 조선·일본, 그리고 러시아로 둘러싸인 내해인 동해는 조선해나 일본해가 똑같이 좋다. 다만 옛이름을 되살리는 데는 혼란과 재인쇄라는 형태로 적잖은 비용이 들 것이다.

셋째, 그것은 가망 없는 일이다. 일본 사람들의 반대를 물리치기도 어렵겠지만 이런 일에서 큰 몫을 할 지도 제작자들을 설득하기도 어려울 것이다. 그러잖아도 지명들과 국경들이 너무 많이 바뀌어서 골머리를 앓는 지도 제작자들에게 그런 얘기는 달가울 리 없다.

그러나 가장 매서운 비판은 그런 실지 회복 운동이 실체가 없는 이름을 겨냥했다는 것에 가해져야 한다. 지명이 때로는 무척 중요할 수 있다. 독도냐 다케시마냐 하는 것은 바로 그 섬이 한국 땅이냐 일본 땅이냐 하는 문제로 이어지고 포클랜드 제도냐 말비나스 제도냐 하는 문제는 바로 그 섬들이 영국 영토냐 아르헨티나 영토냐 하는 문제로 이어진다. 그러나 동해는 주인 없는 공해다. 그래서 이름에 딸린 실익은 없다. 간도를 겨냥한 실지 회복 운동은, 그것이 역사적으로 타당한 근거를 가졌느냐 하는 물음이나 그것이 현실적으로 현명한 방책이

한국판 실지 회복 운동

냐 하는 물음을 떠나서, 일단 실익을 겨냥한다. 동해의 경우는 그렇지 않다.

이처럼 실체가 없는 것에 큰 민족주의적 열정이 쏟아지는 것은 좀 이상하다. 어쩌면 그것이 이름을 숭상하는 우리 민족의 정서에 잘 맞는 것이라 그런지도 모른다. 사물의 이름에 큰 뜻을 부여하는 것은 모든 문명들에 공통된 일이지만, 이름은 한문 문명에서 특히 중시된다. 이름의 글자를 풀어서 미래를 예측하는 파자(破字)가 일찍부터 유행하였고 지금도 작명소들이 영업하고 있다. 전에는 으레 국왕이나 부조(父祖)의 이름자를 피했다. 나무패에 이름을 써서 조상의 넋이 깃들인 위패로 삼는다.

그래서 후스(胡適)가 '명교(名敎)'라고 부른 풍토가 나왔다. "명교는 써놓은 문자를 숭배하는 종교니, 이는 곧 써놓은 문자가 신력과 마력이 있다고 믿는 종교다. 우리는 〔……〕 우리가 이처럼 위대한 종교를 가졌음을 스스로 깨닫지 못했다. 〔그런〕 까닭은 이 종교가 너무 위대하여 없는 곳이 없고 포용하지 않음이 없어 마치 공기와 같기 때문이다." 여기서 질책의 대상이 된 것은 물론 중국 사회지만, 후스의 얘기는 그대로 우리에게 적용된다. 그런 풍토에서 이름을 바꾸는 것은 아무런 실익이 없어도 중요한 일로 여겨질 것이다.

　민족주의적 열정은 자연스러운 감정이고, 적절한 수준에 머물면, 사회의 활력소가 된다. 그러나 지나치게 되면, 지나친 이기주의적 행동이 개인에게 해롭듯이, 정치적 짐이 되어 오히려 사회의 생존과 발전을 해친다. 자연히 그것을 현명하게 쓰는 것은 아주 중요하다.

　그것을 잘 쓰는 길들 가운데 하나는 그것을 시민들의 자아를 넓히는 데 이용하는 것일 터이다. 민족주의는 궁극적으로 확대된 이기주의이므로, 시민들이 일상에서 지닌 '나'라는 개념의 외연을 넓히는 데 쓰는 것은 자연스럽다.

　언뜻 생각나는 예로는 어떤 회사에서 일본의 회사에 보낸 연수생들의 행동 양식이 있다. 연수가 진행되자, 연수를 맡은 일본 사람들이 불평했다고 한다. "어째서 한국에서 온 사람들은 늘 똑같은 것들을 묻느냐?"고. 회사에서 보낸 연수생들이 해외 연수에서 얻은 지식과 기술은 회사의 동료들에게 전파되어야 옳다. 자신의 이익만을 생각해서 그것들을 감춘 사람들이 '나'의 범위를 적어도 회사 동료들까지로 넓히는 데는 민족주의적 열정만한 것이 없을 것이다.

　동해의 이름을 조선해로 바꾸어야 한다고 소리 높여

한국판 실지 회복 운동

외치는 것보다는 그렇게 조그맣지만 실속 있는 일을 하
는 것이 일본에게 앗긴 것들을 되찾는 길이다. 안타깝게
도, 그것은 쉬운 일이 아니다. 천년 전 정이(程頤) 선생
이 갈파한 대로, "마음에 사무쳐 목숨을 버리기는 쉽지
만, 조용히 의로움을 이루기는 어렵다."

예술 작품의 국적

I

　지금 우리 사회에서 예술 작품은, 적어도 우리 예술 작품은, 국적을 가져야 한다는 얘기가 자주 나온다. 그리고 대체로 당연한 것으로 여겨진다. 그래서 '국적 불명'은 어떤 예술 작품에 대한 부정적 평가들 가운데서도 가장 심한 것이 되었다. 자연히 모든 예술가들은 '국적을 가진' 작품들을 만들라는 주문을 끊임없이 받는다.

　그러나 좀 찬찬히 살펴보면, 그런 사정은 그리 자연스럽거나 일반적인 것이 아님이 드러난다. 전통적 견해는 오히려 예술 작품은 그것이 태어난 사회를 시간적으로나 공간적으로나 뛰어넘어 보편적 진실이나 가치를 지향해야 한다는 것이었다. 그런 전통적 견해를 지금 바꿀 까닭이 과연 있는가?

II

예술 작품에서 국적을 중시하는 견해의 타당성을 살
피려면, 먼저 '국적'이라는 말의 뜻을 살피는 것이 바람
직하다. 국적이라는 말의 핵심적 부분은 '어떤 나라에
속함'이라는 법률적 뜻이니, 일차적으로는 자연인에 대
해 그리고 이차적으로는 법인에 대해 쓰인다. 따라서,
예술 작품에 대해 쓰일 때, 그런 법률적 뜻을 넘는 부분
에선, 즉 어떤 예술 작품이 어떤 나라에 존재한다거나
어떤 나라 사람이 만들었거나 소유한다는 뜻을 넘는 부
분에선, 국적이라는 말은 비유다.

예술 작품에 대해 쓰일 때, 국적은 흔히 그런 법률적
뜻을 크게 넘어서는 뜻을 지닌다. 곧 그 작품이 어떤 나
라의 특질을 또렷이 드러낸다는 뜻도 지닌다. 실제로는
뒤의 뜻이 아주 두드러져서, 법률적 뜻은 거의 의식되지
못할 정도다. 이런 관행은 국적이 원래의 뜻으로 사람이
나 법인에 대해 쓰일 때와 대비되니, 뒤의 경우엔 아무
도 어떤 사람이나 법인이 어떤 나라의 시민들이나 사회
기구들이 일반적으로 지녔다고 일컬어지는 특질들을 제
대로 지녔나 따지지 않는다. 만일 그렇게 따지는 사람이
있다면, 그는 이내 인종 차별주의자로 비난받을 것이다.

이 사실은, 예술 작품과 관련해서 쓸 때는, 우리가 국

적이라는 말을 아주 조심스럽게 다루어야 한다는 것을
일깨워준다. 비유가 두 사물 사이에 있는 어떤 비슷함을
가리키는 것 이상이 될 수는 없고 두 사물 사이의 관계
에 대한 엄격하고 정확한 기술이 아니므로, 그것은 언제
나 조심스럽게 쓰여야 한다.

III

  어떤 나라의 특질은 그 나라를 다른 나라들과 다르게
만드는 특질이다. 어떤 나라에 대해서나 상투적 평가들
은 있게 마련이지만, 그것의 내용과 범위를 밝히기는 쉽
지 않고 그것에 대해 사람들이 완전히 합의하기는 더욱
어렵다. 그런 특질이 어떤 예술 작품에 반영된 모습을
평가하여 그 작품이 어떤 국적을 얼마만큼 가진 작품이
냐 평가하는 일은 더더욱 어렵다.

  게다가 예술 작품들은 모두 나름대로 그것들을 만들
어낸 사회들의 현실을 반영하므로, 근본적으로 그것들
은 그 사회들의 특질들을 필연적으로 지니게 된다는 사
실이 있다. 그러므로 모든 예술 작품들은 국적을 지녔다
고 말할 수 있다. 다른 국적을 지닌 작품들을 모방한 작
품들까지도 그렇다고 할 수 있다. 그런 모방 작품들은
그런 모방이 나오도록 만든 사회적 현실을, 흔히는 후진
성이나 주변성을, 반영한다는 점에서 오히려 그 사회의

특질을 잘 드러낸다고 볼 수 있고 그런 뜻에서 국적을 잘 드러낸다고 얘기할 수도 있다. '신소설'보다 조선조 말기 사회의 전환기적 현실을 더 잘 드러낸 문학 작품들이 있는가? 따라서, 비록 어떤 예술 작품의 국적을 살피는 것이 바람직한 일이라 하더라도, 그것이 투자할 만한 일인치는 대부분의 경우 분명하지 않다.

설령 그런 일이 비용과 이득을 따져서 투자할 만하더라도, 어떤 예술 작품을 '국적을 지닌' 작품으로 만드는 특질들이 과연 그 작품에 도움이 되는지 확실한 것은 아니다. 여기서 주목할 것은 이 경우에 판단의 기준이 되는 것은 논의의 대상이 된 작품 자체의 가치에 대한 공헌이지 그 사회의 복지에 대한 공헌이 아니라는 점이다.

어떤 예술 작품을 국적을 지닌 작품으로 만든 특질들은 어떻게 그것을 돕는가? 실질적으로는 동어반복적인 답변을 한다면, 그것들은 그 작품의 '예술적' 가치를 높이는 것을 통해 그것을 돕는다. 물론 그 반대의 경우도 사실이니, 그것은 그 작품의 '예술적' 가치를 낮출 수도 있다. 실제로는 그런 경우가 더 많다는 얘기도 나올 수 있다.

이렇게 보면, 국적을 지녔다는 사실은 예술 작품의 가치에 대해 중립적이다. 어떤 작품의 '국적'은 그 자체로 가치를 지닌 것이 아니라, 그것이 그 작품의 예술적 가치를 높이는 한도 안에서 가치를 지닌다.

IV

이 점을 보다 또렷이 밝히는 데 도움이 되는 것은 과학이나 종교와 같은 다른 지적 노력들에서 국적이 지니는 영향이다. 과학이나 종교에서 나온 업적들의 대부분에 관해 그것들을 이루어낸 사람들의 국적이 알려졌지만, 그 업적들의 평가에서 국적은 일반적으로 별다른 뜻을 지니지 못한다. 과학적 전통의 주류가 고대 그리스에서 아랍을 거쳐 유럽으로 이어졌다는 사실이 과학의 가치에 대해 무슨 영향을 미치는가? 화약이나 종이와 같은 기술이 중국 사람들에 의해 발명되었다는 사실은 그것을 평가하는 중국 사람들의 계산에서 무슨 무게를 지니는가? 지녀야 하는가? 불교가 인도에서 나왔다는 사실은, 그것을 평가할 때, 인도 사람들과 다른 나라 사람들에게 각기 다른 기준을 제공하는가? 제공해야 옳은가?

대부분의 사람들은 그런 지적 노력에서 국적은 별다른 뜻을 지니기 어렵다는 점을 선뜻 인정할 것이다. 실제로는 국적이 무슨 뜻을 지닐 경우, 그것은 거의 언제나 해로운 요소로 작용한다. 이롭게 작용하는 경우를 생각하기 어려울 정도다. 대부분의 종교나 많은 사회과학

51

이론들에 배어 있는 인종 중심주의 *ethnocentrism* 나 인간 중심주의 *anthropic principle* 는 극복되어야 할 특질이라는 사실은 두드러진 예다.

다른 지적 노력들에서 국적은 별다른 역할을 하지 못하고, 하더라도, 거의 언제나 부정적 영향을 미치는데, 예술에서는 그것이 긍정적 역할을 하리라고 또는 해야 한다고 주장할 근거는 무엇인가? 예술을 과학이나 종교와 뚜렷이 다른 지적 노력으로 만드는 여러 가지 차이점들이 있지만, 국적에게 예술에서 설 자리를 마련해줄 만한 차이점은 보이지 않는다.

V

또 하나 고려할 사실은 국적이 근대 사회에서 나온 개념이라는 사실이다. 민족국가가 나온 지는 얼마 되지 않았다. 그리고 지구가 하나의 공동체가 되어감에 따라, 그것의 개념은 빠르게 바뀔 것이다. 반면에 예술은 아주 오래 전에 나왔다. 그리고 그것의 본질적 성격은 그리 크게 바뀌지 않았다. 따라서 민족국가의 출현에 따라 예술 작품의 평가 기준이 본질적으로 달라졌다고 보기는 어렵고 민족국가의 쇠퇴에 따라 다시 달라지리라고 보기도 어렵다.

위에서 살펴본 바처럼, 국적이라는 말을 예술 작품과 관련하여 쓸 때, 우리는 그 말이 비유라는 사실을 잊지 말아야 한다. 다른 비유들을 쓸 때처럼, 우리는 그 말을 조심스럽게 다뤄야 한다.

아울러 국적이 예술 작품의 '예술적' 가치에 대해 중립적이라는 점도 잊지 말아야 한다. 어떤 예술 작품의 국적은 그것이 그 작품의 '예술적' 가치에 준 영향에 따라 평가되어야 하며, 국적을 가진 작품을 만들라는 훈계는, 그런 구체적 평가를 떠나서는, 별다른 뜻을 지니지 못한다는 사실을 우리는 늘 스스로에게 일깨워주어야 한다.

주변부의 정보 비용

I

지금 우리 사회의 진정한 영웅은 박찬호다. 대중 매체들은 하루도 빠짐없이 그의 동정을 시시콜콜 보도하고 젊은이들은 그가 속한 미국 야구단의 모자를 쓰고 다닌다. 그의 인기가 하도 높아서, 국내 야구 경기들의 인기가 떨어졌다고까지 한다.

이것은 작지만 상징적인 현상이다. 그것이 다른 무엇보다도 또렷이 '지구 제국'의 출현을 가리키기 때문이다. 15세기에 서양 세력의 해외 진출로 싹이 튼 지구 제국은 19세기에 영국 중심의 평화 *Pax Britannica* 로 모습을 드러냈고 근년에 전산과 통신의 빠른 발전과 자본주의의 득세로 큰 운동량을 얻었다. 이제 지구 제국의 완성 과정은 다른 모든 것들을 휩쓰는 거센 자력이고, 그 제국의 실질적 중심부인 미국은 모든 분야들에서 점점 늘어나는 영향력을 휘두르고 있다.

　실제로, 우리 삶에 근본적 영향을 미치는 일들은 대부분 미국에서 시작되거나 이루어진다. 정치나 외교처럼 미국의 힘이 직접적으로 작용하는 분야들에서만 그런 것이 아니다. 마이크로소프트나 디즈니와 같은 미국 회사들이 내린 결정들이 우리의 삶에 직접적으로 영향을 미치고 프랜시스 후쿠야마나 폴 케네디와 같은 미국에서 활동하는 학자들의 주장이 이곳의 논의의 주제를 결정한다.

　우리의 현재만이 그렇게 미국에서 결정되는 것이 아니다. 우리의 미래는 더욱 그렇다. 이 점은 외계의 탐험에서 특히 잘 드러난다. 앞으로 인류가 뻗어나갈 곳이 외계라는 것에 대해선 거의 모든 사람들이 동의한다. 그래서 외계는 '마지막 변경 *final frontier*'이라고 불린다. 그리고 미국의 우위는 외계 탐험에서 특히 두드러진다. 이번 화성 탐사도 미국 혼자서 이룬 성취가 아닌가. 그래서 지구 제국의 다른 이름은 미국 중심의 평화 *Pax Americana* 다.

　박찬호가 영웅으로 등장한 현상엔 이런 현실적 바탕

이 깔려 있다. 직업 야구 선수는, 생각해보면, 사회적으로 중요한 일을 하는 사람은 아니다. 그래도 미국에 가서 활약한다는 사실이 박찬호를 아주 중요한 인물로 만들었다. 도색 잡지의 나체 모델인 이승희가 '민족의 긍지를 높였다'는 평가를 받는 것도 같은 현상이다. 씁쓸하지만, 그것이 현실이다. 이제 우리는 드러내놓고 인정한다, 미국이 실은 이 세계의 중심이고 무슨 일이든 거기서 인정받아야 정말로 뜻을 지닌다는 것을.

우리만 그런 것도 아니다. 우리보다 훨씬 크고 앞선 사회들도, 미국에 비기면, 변두리에 지나지 않는다. 야구에 관한 한, 미국과 규모나 수준이 비슷한 일본이 메이저 리그에 진출한 자기 선수들에게 얼마나 열광하는가. 쥘리에트 비노쉬가 아카데미 상을 탔을 때, 문화에 관한 한 누구에게도 뒤지지 않는다고 여기는 프랑스 사람들이 얼마나 기뻐했던가. 그녀가 나온 영화가 할리우드에서 만들어졌고 그녀가 거기서 영어를 썼다는 사실은 전혀 문제가 되지 않았다.

IV

이런 사정은 우리처럼 제국의 후미진 주변부에 속한 나라들에겐 아주 곤혹스럽다. 무엇보다도, 자신의 준거 틀을 지니기 어렵다. 그래서 사물에 대해서 독자적 판단을 내리지 못하고, 중심부에 먼저 조회하고서야 사물을 평가한다. 양 되먹임 *positive feedback*이므로, 그런 과정은 점점 강화된다. 중심부에 자주 조회하다 보니, 정보가 제대로 축적되지 않고, 정보가 제대로 축적되지 않으니, 더욱 중심부의 판단에 매달리게 된다. 자연히, 주변부의 정보 비용은 엄청나게 높다.

그런 상황에선 창조적 작업을 하기가 무척 어렵다. 필요한 정보들을 얻기가 어려운 데다가 재발견의 위험도 아주 크다. 그래서 중심부의 작업들을 수용하거나 아예 중심부에 가서 작업하는 것이 훨씬 합리적이다.

어쩌다 창조적 작업이 나오더라도, 선뜻 인정받지 못한다. 그것을 평가할 만한 사람들이 적은 데다가 평가자 자신들도 평가에 필요한 정보들을 모으기가 워낙 어렵기 때문이다. 자연히, 그들은 자신들의 무지가 드러나는 것을 겁내게 된다. 그럴 경우, 그들은 처음 보는 작업들을 아예 무시하거나 비현실적으로 높은 수준을 평가 기준으로 내놓는다. 우리 사회에서 인정받지 못한 창조적 작업이 외국에서 인정받는 경우가 많다는 사정과 우리 명문 대학들에서 학위를 받기가 외국 명문 대학들에서 받기보다 오히려 어렵다는 얘기가 들린다는 사정은 그런 데서 비롯한다.

주변부의 정보 비용이 그렇게 높다는 사실은 지금 우

주변부의 정보 비용

리 사회에서 나오는 많은 현상들의 밑에 자리잡고 있다. 그래서 그 사실을 고려해야만 그런 현상들을 제대로 이해하고 합리적 정책을 세울 수 있다. 이제 구조적으로 높을 수밖에 없는 우리 사회의 정보 비용에 대해, 특히 그것을 줄이는 일에 대해, 진지하게 논의할 때가 되었다.

민족주의를 제어하는 길

이번에 우리와 일본 사이의 독도 분쟁으로 다시 한번 드러난 것처럼, 민족주의적 감정은 참으로 거세고 거칠다. 어떤 사회에서 한번 그것이 차오르기 시작하면, 다른 감정들과 그것에 비판적인 의견들은 별다른 저항을 하지 못하고 그것에 떠밀려나게 마련이다.

17세기에 서양에서 태어난 뒤로, 민족주의는 어떤 이념보다도 큰 힘을 보였다. 그것은 놀랄 만큼 빠르게 사람들의 삶에서 중심적 자리를 차지했고, 그것이 유럽에서 특히 거세게 일었던 19세기는 '민족주의의 세기'라고 불리기까지 했다. 20세기에 들어오자, 유럽 문명의 영향이 온 세계에 미치면서, 민족주의는 다른 지역들로 퍼져 뿌리를 깊이 내렸다. 세계적으로 보면, 그래서 20세기야말로 '민족주의의 세기'라고 할 수 있다.

민족주의가 지닌 그런 힘은 민족주의가 본질적으로

개인들의 이익 추구에 바탕을 두었다는 점에서 나온다. 개인들의 이익 추구는 바로 종족주의 *tribalism*로 확대되었고, 민족국가들의 출현에 따라, 민족주의의 모습을 갖추었다. 그리고 비록 이념의 모습을 갖추었지만, 민족주의가 본질적으로 감정 상태 *state of mind*라는 사실도 민족주의가 지닌 큰 힘의 원천을 찾을 때 고려돼야 할 점이다.

이제 모든 사회들에서 민족주의의 중심적 주장들은 아무런 단서도 붙지 않은 채 받아들여지고 있다. 국경을 민족의 분포에 맞추는 것이 바람직하다는 주장이나 민족어가 시민들의 교육과 문화 생활에서 절대적 자리를 차지해야 한다는 주장에 맞서는 목소리는 어느 사회에서나 들리지 않는다. 그리고 다른 이념들이 쇠퇴하면, 그 자리엔 흔히 민족주의가 들어선다. 밀로반 질라스와 같은 사람들이 예견한 것처럼, 공산주의가 무너진 사회들에선 거의 예외 없이 민족주의가 놀랄 만큼 쉽고 빠르게 지배적 이념의 자리를 차지했다.

II. 민족주의의 위험

그렇게 힘이 세므로, 민족주의는 자칫하면 큰 화를 부를 수 있는 위험한 이념이다. 역사는 너무 거친 민족주의적 열정에 이끌려 합리적 선택을 외면함으로써 비참하도록 큰 값을 치른 민족들과 나라들을 많이 보여준다. 약한 민족들과 나라들만이 그렇게 화를 입은 것은 아니니, 당시 유럽에서 가장 강성한 민족국가였던 독일이 두 차례의 대전으로 참혹한 피해를 본 것은 그 점을 일깨워준다.

민족주의가 부정적 영향을 미치는 까닭들 가운데 가장 두드러진 것은 그것이 너무 자주 그리고 쉽게 전체주의적 이념들과 결합한다는 사실이다. 그럴 경우, 민족주의는 필연적으로 사람들을 억압한다. 이성에 대해서 본능을, 보다 나은 질서를 향한 합리적 노력에 대해서 역사적 전통의 힘을, 민족들과 나라들의 공통된 바탕과 희망에 대해서 그들 사이의 차이점들을 강조한 독일 민족주의의 영향이 컸던 곳들에선 특히 그러했었다. 그런 '닫힌 민족주의'는 민족들의 생물적 또는 역사적 결정론을 앞세우게 되어 '열등한 민족'에 대한 경멸과 탄압을 불러온다. 19세기 후반과 20세기 말엽에 세계를 휩쓴 제국주의는 대표적 예다.

역사상 줄곧 민족주의의 이론적 바탕을 이루었던 인종적 순결성도 사회의 구성원들에게 큰 괴로움을 준다. 인종적 순결성은 원래 유대인들의 '선민' 사상에서 나왔다. 그것은 기원전 5세기에 유대인들이 에즈라와 느헤미야의 영도 아래 제2차 유대 왕국을 세울 때, 아주 극

민족주의를 제어하는 길

단적인 모습으로 나타났으니, 정치적 지도자들이 내세운 유대 민족의 갱생은 유대인들이 다른 종족으로부터 얻은 아내들과 그녀들이 낳은 자식들을 버리는 것을 포함했다. 인종적 순결성이 근대에 극단적 모습으로 나타난 것은 물론 '아리안 인종의 우수성'을 내세운 나치 독일의 경우다.

'선민' 개념과 함께 유대인들이 후세에 물려준 '약속된 땅'이라는 개념도 민족주의의 뼈대를 이루면서 큰 해를 끼쳤다. 세계 어느 곳에서나 영토의 소유권은 자주 바뀌었으므로, 다른 민족국가의 영토가 된 옛 영토에 대한 '역사적 권리'를 찾으려는 시도들은 참혹한 영토 분쟁을 낳았다. 발칸 반도는 특히 그런 '역사적 권리'를 둘러싼 전쟁들이 많았던 곳으로 이름이 났다. 유대인들의 옛 터전인 팔레스타인에 이스라엘이 세워진 뒤, 중동은 분쟁이 가장 많이 일어나는 곳이 됐다. 옛 영토에 대한 애착은 우리 사회에서도 무척 크니, 지금 적잖은 사람들이 천년 전에 잃은 '고구려와 발해의 옛 터'에 대해서 아쉬움을 넘는 감정을 드러내고 있다.

이렇게 보면, 민족주의는 인류에게 너무 큰 괴로움을 주었다. 민족주의는 본질적으로 종교라고 본 헤이스C. J. H. Hayes는 "실로 근대 민족주의는 유별나게 피비린내 나는 종교였다"고까지 말했다.

물론 민족주의는 좋은 결과를 낳기도 한다. 특히, 자유주의와 결합하면, 그것은 사람들을 자유롭게 만드는 강력한 힘이 된다. 미국 혁명과 프랑스 혁명은 두드러진 예들이다. 19세기 후반에서 20세기 초반에 걸쳐, 유럽에선 이탈리아·루마니아·불가리아·세르비아·그리스·체코슬로바키아·폴란드와 같은 나라들이 자유주의적 민족주의의 도움을 받아 압제적인 오스만 튀르크 제국·오스트리아-헝가리 제국, 그리고 러시아 제국의 지배에서 벗어나 독립했다. 그리고 양차 대전 뒤엔 아프리카와 아시아의 많은 식민지들이 독립을 얻었다. 20세기에 사회주의와 결합하면서, 민족주의는 사회적 혁명 운동의 특질을 짙게 띠었다. 그래서 민족주의자들은 민족국가의 구성원들 모두에게 교육과 경제에서 평등한 기회가 주어져야 하며 가난한 사람들을 위한 복지 정책이 실현되어야 한다고 주장했고, 그런 주장들은 거의 모든 나라들에서 많이 실현됐다.

자연히, 민족주의엔 자유로운 사회를 지향하는 '열린 민족주의'와 배타적이고 억압적인 사회를 불러오는 '닫힌 민족주의'의 특질이 아울러 있고 그 둘은 늘 부딪친다. 어떤 사회의 민족주의도 한쪽만을 순수하게 지니지는 않는다. 안타깝게도, 닫힌 민족주의는 너무 자주 득세한다. 이 점은 자신들의 민족국가를 세운 민족들이 흔히 자신들의 영토 안에 있는 소수 민족들을 억압한다는 사실에서 아프도록 또렷이 드러난다. 민족의 분포에 따라 국경이 설정되어야 한다는 민족주의의 이상이 실제로 깔끔하게 이루어지는 경우는 드물기 때문에, 새로운 민족국가는 거의 언제나 소수 민족들을 포함하게 된다. 그런 경우에 이른바 '국가 형성 민족 *state-forming nationality*'에게 정치적 자유를 주었던 민족주의는 이내 소수 민족의 탄압을 정당화하는 이념으로 돌변하곤 한다. 그런 상태에서 소수 민족들이 겪는 고난이 워낙 크기 때문에, 1920년대에 그리스와 터키 사이에 이루어진 것처럼, 엄청난 고통과 비용이 따르더라도, 소수 민족들을 교환하는 것이 차라리 합리적이라는 얘기까지 나온다.

III. 자유주의와 민족주의

따라서 민족주의와 관련된 실제적 과제는 닫힌 민족주의와 그것이 불러오는 거친 열정을 제어하는 일이다. 우리가 그 과제를 잘 수행한다면, 우리는 민족주의적 열정을 응집력과 활력이 큰 사회로 만드는 데 쓸 수 있을 것이다. 만일 우리가 그런 과제를 제대로 수행하지 못한다면, 우리는 빠르게 하나로 통합되어가는 지구 사회에서 시대착오적인 길을 고를 것이다.

그러면 우리는 그 과제를 어떻게 수행해야 하는가? 우리 사회의 구성 원리가 자유주의이므로, 그 일은 자유주의의 원칙을 따라야 한다는 생각이 든다. 실제로 그런 방식은 효과적임이 드러난다.

자유주의는 개인들의 자유를 큰 가치로 여기고 개인들의 자유를 제약하는 사회적 강제를 줄이려고 애쓴다. 그리고 그것은 개인들을 차별하지 않고 모두 공평하게 대하려고 애쓴다. 반면에, 민족주의는 민족적 특질들에 따라 개인들을 차별하는 것을 본질로 삼는다. 그것은 나라를 이루는 데 주력이 되는 민족에 속하는 개인들이 소수 민족들에 속하는 개인들보다 더 큰 권리를 갖는 것이 옳다고 여긴다. 민족이 정의하기 어렵고 과학적 근거가 없으며 실제로 민족을 구별하는 것은 현실적으로 불가능하다는 사실은 민족주의자들에겐 별다른 무게를 지니지 못한다.

따라서 자유주의와 민족주의를 조화시키는 길은 좀처럼 보이지 아니 한다. 그러나 찬찬히 살펴보면, 그 일은 현실적으로 불가능하지는 않다는 것이 드러난다. 자유주의는 개인들의 자기 이익 추구를 배척하지 아니 한다. 오히려 모든 사람들은 자기 이익을 추구하리라고 여겨지고, 다른 사람들의 자유를 침해하지 않는 한, 자유롭게 자기 이익을 추구하도록 허용된다. 따라서 자유주의

민족주의를 제어하는 길

는 민족국가들이 자신들의 이익을 추구하는 것을 배척하지 않는다. 그런 이익의 추구가 다른 민족국가들의 자유를 침해하지 않아야 한다는 제약만을 둘 따름이다. 거기에 서로 화해하기 어려운 두 이념들이 만날 수 있는 자리가 있다.

IV. 국익과 개인들의 이익

그러나 그런 일반적 진술은 실제로는 행동의 지침이 되기 어렵다. 실제적 지침 노릇을 할 수 있는 것으로는 어떤 것들이 있을까?

먼저 들 수 있는 것은 민족국가가 개인들로 이루어졌다는 사실을 잊지 않는 것이다. 민족국가가 개인들로 이루어졌고 따로 실체를 가진 것이 아니므로, ‘국익’이란 말은 궁극적으로 민족국가를 이룬 개인들의 이익 집합을 나타내는 ‘간략한 표현’이다. 다른 말로 바꾸면, ‘국익’은 개인들의 이익들의 함수다.

물론 이 점을 부인하는 전체주의 이념들도 있다. 전형적인 것들로는 국가를 개인들의 목적들을 초월하는 의지와 목적을 지닌 존재로 여기는 헤겔주의나 민족을 가치의 궁극적 귀속처로 여기는 나치주의를 들 수 있다. 이제 그런 이념들은 이론적으로나 경험적으로나 논파되었다고 볼 수 있다. 개인들이 경험의 주체로 모든 가치들의 귀속처라고 여기는 자유주의가 구성 원리인 우리 사회에서 그런 주장은 설 땅이 없다.

국익이 개인들의 이익들의 함수임을 기억하는 것은 실제로 큰 도움이 된다. 특히, 중요한 '국익'이 걸린 일이라 애국적 열정이 한껏 높아졌을 때, "그런 국익이 궁극적으로는 어떤 개인들의 이익들로 환원되는가?"라는 물음을 던지는 것은 문제를 차분하게 바라보고 명료하게 생각하는 데 큰 도움이 된다. 개인들의 이익들을 드러내거나 계산하는 것은 실제로는 아주 어렵지만, 그런 물음을 던지고 그것에 대한 답을 찾는 과정에서 우리는 '국익'이라고 불리는 흔히 모호하고 정의되지 않은 개념을 좀더 또렷이 드러낼 수 있다.

한번 그런 물음을 던져보면, 우리는 국익이 언뜻 생각하기보다는 훨씬 작다는 것을 깨닫게 된다. 애국적 열정에 큰 가치를 부여하여 계산에 그것을 포함한다 하더라도. 그리고 국익을 이루는 개인들의 이익들이 모두 같지 않다는 사실과 실은 그것에서 오히려 손해를 입는 개인들이 드물지 않다는 사실을 새삼 깨닫게 된다. 갖가지 국익들을 위해서, 특히 조국의 안녕과 영광을 위해서, 정당한 전쟁이라고 선전되고 믿어진 많은 전쟁들에서 개인들은, 심지어 전쟁에서 이긴 나라들의 시민들까지도, 대부분 엄청난 값을 치렀다. 무슨 국익이, 조국의 무

민족주의를 제어하는 길

슨 영광이, 싸움터와 후방에서 죽은 목숨들과 파괴된 삶의 터전들을 쉽게 또는 충분히 보상할 수 있겠는가?

독도 분쟁에 적용해보면, 이 점이 잘 드러난다. 독도에서 우리 시민들이 얻는 실질적 이익은, 국방과 어업과 해운에서의 이익을 모두 합쳐도, 그리 크지 않다. 실질적으로는 무인도인 독도의 영유권이 다른 나라로 넘어갔다 하더라도, 그런 변화를 자신의 이익에서의 변화로 느낄 우리 시민들은 아주 드물 것이다. 물론 그런 이익엔 들어가야 한다, 우리 영토는 무인도라도 그리고 큰 값을 치르더라도 지킨다는 우리의 결의를 보여주어서 나중에 나올 영토 분쟁에서 유리한 위치를 차지할 수도 있다는 이점과 독도를 넘보는 일본으로부터 우리 영토를 지키는 일에서 우리 시민들이 얻는 심리적 혜택이. 그래도 그런 이익이 들어간 비용을 따지지 않아도 될 만큼 큰 것은 아니다.

찬찬히 따져보면, 그런 비용은 결코 작지 않다. 독도를 지키기 위해 어떤 길도 마다하지 않고 어떤 대가도 기꺼이 치르겠다는 태도를 보임으로써 우리가 치르는 대가는 보기보다는 훨씬 묵직하다. 지정학적 관점에서 볼 때, 동북아시아에서 외교적으로 가장 불리한 나라는 우리다. 그리고 객관적으로 살피면, 우리의 안녕에 가장 중요한 관계는 일본과의 그것이며 일본과의 관계를 그

르쳐서 우리가 입을 손해는 엄청나다. 일본과의 관계만 따진다 하더라도, 둘 사이에서 약한 나라는 그래서 둘 사이의 분쟁에서 훨씬 손해를 크게 입을 나라는 우리다. 아쉬운 쪽은 일본이 아니다. 게다가 독도를 둘러싼 일본과의 분쟁에서 직접적으로 큰 손해를 볼 시민들이 우리 사회엔 너무 많다. 우리가 일본과 여러모로 가깝고 특히 경제적으로 서로 의존하는 바가 크므로, 일본과의 분쟁이 전쟁으로까지 치닫지 않고 그저 어색한 관계가 된다 하더라도, 큰 손해를 볼 사람들은 결코 적지 않다. 훨씬 크고 직접적인 손해를 볼 사람들은 몇십만에 이르는 재일동포들이다. 그들이 볼 그런 손해는 국익을 우리 시민들의 개인적 이익들로 환원한 명세서에 꼭 들어가야 한다.

그렇게 국익을 개인들의 이익들로 환원하는 과정을 거치면, 우리는 추상적이고 감정이 많이 밴 '국익'이란 말을 보다 구체적으로 정의하고 차분하게 다룰 수 있게 될 것이다. 그런 뒤에야, 비로소 우리는 민족주의적 열정에 이끌려 비합리적 선택을 할 위험을 줄일 수 있을 것이다.

V. 의무의 동심원들

또 하나의 실제적 지침은 인류 사회가 국경에서 끝나

민족주의를 제어하는 길

지 않는다는 사실을 기억하는 것이다. 사람들은 자신들이 모든 사람들에게 최소한의 의무들을 지고 있다고 믿는다. 아울러, 그들은 자신들과 가까운 사람들에게 더 많고 큰 의무들을 지녔다고 믿는다. 그래서 대부분의 사람들은 국경 밖에 있는 사람들에 대해서도, 비록 자기 나라 사람들에 대한 것들보다야 훨씬 약하지만, 상당한 의무들을 지녔다고 느끼게 마련이다. 그런 의무감이 사람들에게만 한정된 것도 아니니, 지구 위의 모든 생명체들이 최소한의 권리를 지녔고 사람들은 그런 권리를 존중해야 한다는 생각은 이제 널리 받아들여진다. 새뮤얼 브리튼은 이런 사정을 '의무의 동심원들 *successive circles of obligation*'이라고 불렀다. 의무의 동심원들이 국경 너머로 뻗어나간다는 사실을 기억한다면, 우리는 민족주의적 열정이 우리의 눈을 가리는 위험을 줄일 수 있을 것이다.

일본이 독도에 대한 영유권을 주장할 때, 우리 가슴에서 이는 분노는 무척 클 수밖에 없다. 그래도 우리가 일본 사람들에 대해서도 의무가 조금은 있다는 것은 분명하다. 실은 꽤 크다. 무엇보다도, 사람들은 하나의 인류 사회를 이룬다. 사람들은 사람들로 만드는 특질들의 총체에 비기면, 민족들을 구별하는 데 쓰이는 특질들은, 많은 경우들에서, 무시해도 좋을 만큼 작고 얕다.

게다가 우리와 일본은 여러모로 가깝다. 우리가 일본인과 일본 문화의 기원에 대해 늘 열심히 주장하는 것처럼, 우리와 일본인은 인종적으로나 문화적으로나 아주 가깝다. 그래서 문명이 서양 문명의 주도 아래 하나로 통합되어가는 지금, 두 나라는 거의 같은 문제들을 맞고 있고 상대적으로 앞선 일본의 경험에서 우리는 많은 것들을 배워서 결코 작지 않은 이익을 얻고 있다. 자연히, 두 나라가 긴밀하게 협력하는 일은 자연스럽고 합리적이다. 지정학적으로도 그러하다. 지금 우리의 처지를 살필 때, 일본과 우리가 자유민주주의와 시장 경제 체제를 공유한다는 사실은 큰 무게를 지닌다.

VI. 국제 질서

다른 나라들과의 분쟁으로 민족주의의 물결이 거세게 차오를 때, 나라들 사이의 관계와 교섭에 관한 국제적 경기 규칙들이 있다는 사실을 잊지 않는 것도 무척 중요하다. 비록 민족국가들의 법률들처럼 또렷하거나 체계적인 것은 아니지만, 그런 국제적 경기 규칙들은 분명히 존재하며 점점 늘어가고 또렷해진다. 그것들을 지키는 것은 모두에게 이롭지만, 약한 민족들과 나라들에겐 특히 이롭다. 민족주의적 질서는, 이웃 나라의 식민지가 됐던 우리 역사가 아프게 일깨워주는 것처럼, 힘센 민족

민족주의를 제어하는 길

들과 나라들에 유리하다. 모든 사람들에게 공평하게 적용되는 보편적 법이 힘센 사람들보다 약한 사람들에게 훨씬 더 필요한 것처럼, 보편적 국제 질서는 약한 민족들과 나라들이 기대할 수 있는 가장 좋은 질서다.

약한 민족들이나 나라들이 민족주의를 드러내놓고 추구하는 과정에서 그런 국제적 경기 규칙들을 지키지 않는 것은, 약한 민족들과 나라들을 보호하는 국제 질서를 깨뜨린다는 점에서, 누구보다도 그들 자신들에게 위험하다. 안타깝게도, 이번 독도 분쟁이 일깨워준 것처럼, 지금 우리 사회에선 그런 사실이 너무 쉽게 잊혀진다.

나라들 사이의 분쟁은 일단 외교에 맡기는 것이 모든 나라들이 따르는 국제적 약속이다. 따라서 외교적 노력을 먼저 거부하는 정부는 비판을 받게 마련이다. 이번에 우리 정부가 외교적 관행을 너무 가볍게 여긴 것은, 우리의 이익만을 생각하더라도, 결코 바람직한 일이 아니다. 그리고 나라들 사이의 분쟁이 분쟁 상대국의 시민들에 대한 박해나 차별 대우를 정당화할 수 없다는 것은 가장 기본적인 국제적 경기 규칙이다. 그러나 우리 대중 매체들은 일본 사람들은 태우지 않겠다고 나선 택시 운전사나 일본 사람들에겐 물건을 팔지 않겠다고 나선 상인들을 영웅처럼 치켜세웠다. 그런 행태를 걱정하는 목소리는 들리지 않았다.

우리의 그런 태도에 대해서 국제적 여론이 좋을 리 없다. 국제 여론은 처음엔 분쟁을 일으킨 일본에 대해서 비판적이고 우리에겐 비교적 호의적이었다. 그러나 우리 정부가 보인 비외교적 태도와 시민들이 보인 지나치게 감정적인 태도가 일본 시민들의 비교적 차분한 태도와 비교되면서, 우리 사회를 덜 성숙한 사회로 보고 일본을 성숙한 사회로 보는 여론이 형성됐다.

무력 시위를 하고 일본 대사관 앞에 가서 일본 국기를 불태우는 일로 독도에 대한 우리의 영유권이 조금이라도 튼실해질 수 있다면, 또는 그렇게 우리의 굳은 뜻을 보이는 것이 일본의 생각을 바꿀 수 있다면, 얼마나 좋겠는가. 독도 분쟁과 관련하여, 확실한 것이 있다면, 그것은 일본이 결코 '다케시마'에 대한 영유권을 포기하지 않으리라는 것이다. 민족주의적 열정이라면, 왜 일본 사람들이 우리보다 약하겠는가? '다케시마'에 대한 영유권을 포기하겠다고 나선 정권이 단 하루라도 버티겠는가?

독도 분쟁은, 설령 풀린다 하더라도, 아주 오랜 뒤에야 풀릴 문제다. 더구나 그런 문제엔 국제 여론이 큰 영향을 미친다. 따라서 우리에게 가장 좋은 길은 국제적 경기 규칙들을 충실히 지키면서 일본의 간헐적 도발들에 차분하게 대응해나가는 것이다.

현재 민족국가는 기본적 정치 단위다. 그래서 민족국가는 자연스럽고 정상적인 정치 체제로 여겨질 뿐 아니라 다른 모든 사회적·문화적·경제적 활동들에서도 불가결한 틀로 여겨진다. 그런 사정은 민족주의에 튼실한 바탕을 제공한다. 민족국가와 민족주의가 그렇게 큰 활력과 영향력을 지녔으므로, 많은 사람들은 민족주의가 오랫동안 역사에 영향을 미치는 요인으로 작용했고 앞으로도 그러리라고 생각한다. 역사를 찬찬히 살펴보고 앞날을 길게 조망해보면, 전혀 다른 그림이 눈에 들어온다.

사람들은 고향과 조상들의 전통에 늘 애착을 느껴왔다. 그러나 그런 애착은 대체로 도시 국가·부족 국가·왕조 국가·제국과 같은 정치 체제에 대한 충성으로 나타났다. 역사의 대부분의 기간에서 민족국가는 존재하지 않았고 이상으로 여겨지지도 않았다. 이상적 정치 체제는 모든 사람들을 포함하는 세계 국가 *world-state* 라는 것에 사람들은 대부분 동의했었다.

앞에서 얘기한 것처럼, 민족주의가 중요한 힘이 된 것은 근세 서양에서였으니, 미국 혁명과 프랑스 혁명은 민족주의가 처음으로 강력하게 표출한 사건들이었다. 민족주의의 그런 대두엔 몇 가지 역사적 요인들이 작용했다: 절대적 군주들에 의한 중앙 집권적인 국가들의 창출; 일상 생활과 교육에서의 세속화와 초국가적인 기독교 교회의 약화; 방언의 보급과 국제어인 라틴어에 대한 상대적 지위 향상; 경제 발전; 중산층의 대두; 도시화와 산업화의 진전; 광역 사회를 가능하게 하는 기술의 (특히 교통과 통신 기술의) 발달 따위. 이어, 인민들에게 주권이 있다는 이론들에 힘입어, 인민들이 왕을 대신해서 국가의 중심이 되자, 민족주의는 모든 사회들에서 지배적 이념이 됐다.

그러나 민족주의가 앞으로도 계속 그렇게 중심적 자리를 차지할 수 있는 것은 아니다. 인류 사회는 쉬지 않고 진화한다. 그래서 민족국가를 절대적 자리로 밀어올렸던 힘은 이제 그것이 선 터전을 갉고 있다. 여러 문명들이 하나의 지구 문명으로 통합되어가면서, 민족국가들의 국경은 끊임없이 낮아지고 성기어진다. 그리고 모든 부면들에서, 특히 경제와 환경 문제에서, 초국가적인 문제들에 대한 초국가적 대응이 점점 절실해지므로, 사람들의 충성심을 민족국가가 독차지하기는 점점 어려워지고 그런 충성심의 일부를 요구하는 초국가적 정치 체제의 목소리는 커질 것이다.

이렇게 역사적 조망 속에 놓고서 바라보면, 민족주의

는 주술적 힘을 상당히 잃는다. 민족주의는 자연스럽지만 필연적이지는 않다. 특히 닫힌 민족주의는. 민족주의적 주장들이 너무 강력하게 사회를 덮을 때, 민족주의를 역사적으로 조망하는 것은 그것을 합리적으로 다루는 데 도움이 될 것이다.

VIII. 지식인들의 사명

위에서 든 네 가지 지침들은——국익을 개인들의 이익으로 환원하는 것; 국경 밖에도 사람들이 살고 있고 우리는 그 사람들에게도 최소한의 의무들이 있다는 사실을 기억하는 것; 국제적 경기 규칙들을 지키려고 애쓰는 것; 그리고 민족주의를 역사적으로 조망하는 것——자유주의의 원칙에 따라 민족주의를 제어할 수 있는 실제적 방책들이다. 비록 시원스러운 방책들은 아니지만, 그것들은 우리가 거친 민족주의적 열정을 식히고 제어하는 데 실질적 도움을 줄 수 있다.

그런 지침들을 현실에 적용하는 데에서 지식인들의 몫은 당연히 크고 중요하다. 그러나 이번의 독도 분쟁에서 우리 지식인들이 보인 모습은 실망스러웠다. 특히 아쉬웠던 것은 우리 사회를 휩쓴 민족주의에 지식인들이 기꺼이 편승했다는 사실이다.

독도 분쟁이 한창일 때, 우리 대중 매체들은 우리 주

장에 동조하는 일본 학자들의 연구들을 소개했다. 그러
나 일본측의 주장을 냉정하게 검토한 우리 학자들의 연
구들은 우리 나라에서나 일본에서나 소개되지 않았다.
일본 사회에서 자유롭게 이루어진 연구가 우리 사회에
선 나올 수가 없었기 때문이다. 실은 그 사실을 지적하
고 걱정한 목소리도 없었다. 그런 업적을 부지런히 소개
하면서도, 대중 매체들은 두 나라 사이의 분쟁으로 아주
곤혹스러운 처지에 놓인 재일동포들을 전혀 언급하지
않았다.

　국제사법재판소의 판결에 맡기자는 일본의 주장도 분
쟁을 외교적으로 해결한다는 뜻에서 일단 큰 무게를 지
닌다. 그리고 길게 보면, 그런 요구를 외면하는 것은 우
리에게 결코 좋은 방책이 아니다. 그런 외면은 단기적으
로는 외교적으로 일본에게 밀리고 장기적으로는 다른
나라 사람들에게 우리의 주장이 근거가 약하다고 판단
하도록 만든다. 그러나 우리 사회에선 "우리가 믿고 주
장하는 것처럼, 독도에 대한 우리의 영유권이 튼실한 바
탕을 가졌다면, 왜 국제사법재판소의 판결을 받는 것을
거부해야 하는가?"라는 초보적 물음조차 나오지 않았
다. 당시에 그런 물음을 던진 사람이 있었다면, 그는 견
디기 어려운 비난을 받았을 것이다. 지금 우리 사회를
'너그러운 사회 *permissive society*'라고 하기는 어렵지만,

민족주의에 관해선, 주류에서 벗어난 의견들이 설 땅은 특히 좁다.

민족주의 위험은 거의 언제나 민족주의적 감정을 자신들의 이익을 위해 쓰려는 정치가들에 의해 부쩍 커진다. 특히 민족주의는 집권 세력에 의해 사회적 통제의 수단으로 자주 이용된다. 유고슬라비아의 붕괴와 그것에 따른 비참한 전쟁이 잘 보여준 것처럼, 한번 민족주의적 감정이 거세지면, 정상적인 정치적 지도력은 사라지고 비합리적인 정치적 지도력이 등장해서 사태를 걷잡을 수 없게 만든다.

독도 분쟁에서도, 우리 정치가들은 자신들의 정치적 이득만을 좇아 이미 위험 수위를 넘은 민족주의적 감정을 더욱 부추겼다. 특히 문제가 된 것은 인기가 없는 집권 세력이 인기를 되찾기 위해서 우리 사회에 크게 해로운 일들을 서슴지 않은 것이니, 독도 문제를 새삼스럽게 꺼낸 일본 정부의 의도를 감안해서 냉정하게 대응하는 대신, 차분한 대응을 제시한 외무 관료들의 의견을 물리치고 대통령이 앞장서서 국수주의적 태도를 보인 것은 실망스럽고 걱정스럽다. 그렇게 극단적인 대응은 다음의 선택을 없앴다는 점에서 아주 어리석다. 대통령이 앞장서서 일본에 대해 막말을 하고 군대는 무력 시위를 한 터에, 일본 정치가들이 다시 '다케시마'는 일본 영토라고 나서면, 우리는 누가 어떻게 대응해야 하는가? '다케시마' 문제에서 자신의 정치적 자산을 손쉽게 늘릴 길을 보는 일본 정치가들은 앞으로도 계속 나올 것이다.

거친 민족주의의 위험이 정치가들의 이기적 태도에 의해 커지는 것을 줄이려면, 우리 지식인들은 보다 차분하게 합리적으로 판단해야 할 것이다. 사람은 누구나 민족주의자다. 우리 나라가 약한 민족국가인지라, 우리 시민들은 특히 열정적인 민족주의자들이다. 그래서 민족주의적 열정은 따로 칭찬받을 것이 못 된다. 그리고 열정만으로 충분한 일은 이 세상엔 드물다. 지식인들이 자신들을 사로잡은 민족주의 이념과 열정의 정체를 잘 살펴서 그것을 제어할 길을 찾는 것은 그래서 시급한 과제다.

IX. 문인들과 민족주의

민족주의에서 문화적 요소는 큰 무게를 지닌다. 어떤 민족이 민족국가를 창출하려고 애쓸 때, 문화적 주권의 추구는 정치적 주권의 추구에 선행하면서 그것의 바탕을 마련한다. 그런 문화적 민족주의에서 중심적 자리를 차지하는 것은 민족 언어다.

문학이 언어를 매체로 삼는 데다가 언어의 벽이 어떤 문화적 장벽보다 높으므로, 문학에 종사하는 사람들은

민족주의를 제어하는 길

특히 민족주의에 심취하게 된다. 창조적 작업은 민족 언어를 통해서만 이루어질 수 있고 뛰어난 예술 작품들은 모두 민족혼에 의해 결정되고 그것을 나타낸다는 요한 고트프리트 폰 헤르더의 주장은 지금 우리 사회에 널리 그리고 깊이 배어 있다. 그런 주장이 최근에 나왔고 역사상 대부분의 작가들이 보편적 언어들로 보편적 주제들을 다루었다는 사실은 거의 잊혀졌다. 그래서 작가들이 우리 사회와 민족의 문제들을 우리 언어로 다룰 때만 가치 있는 작품들이 나온다는 목소리들만 높다. 그런 주장들에 대해서 자연스럽게 나오는 물음을 던지는 사람들은 드물다: "왜 우리 예술가들은 보편적 주제들을 보편적 언어로 다루면 안 되는가?" 어슐러 르귄이 지적한 것처럼, 담은 두 얼굴을 가졌다. 우리가 '외국적인 것들'과 '보편적인 것들'을 막아서 '우리 고유의 것들'을 지키기 위해 높이 둘러친 담은 흔히 우리를 좁은 우리 안에 가둔다.

실은 그런 담은 생각보다 훨씬 많은 것들을 몰아낸다. 우리 고대 문학을 논의할 때, 한문으로 씌어진 작품들을 폄하하거나 아예 배제하는 풍조는 전형적 예다. 우리 조상들이 한문을 그들의 세계에 보편적으로 통용되는 보편어로 여겼고 그런 사정을 높이 평가했으며 보편어로 문학 활동을 했다는 사정을 보지 못한 채, 뒤늦게 서양으로부터 수입된 민족주의적 주장들에 사로잡혀, 우리 언어나 문학의 영역을 줄이는 것은 무척 어리석다. 어느 사이엔가 우리는 우리 말의 뿌리인 한자를 이질적 요소로 여기게 됐고, 한자를 잘 모르는 시민들이 늘어나면서, 우리 말은 전통적 조어의 바탕을 거의 다 잃었다. 안타깝게도, 그렇게 체질이 허약해진 우리 말은 구조가 전혀 다른 서양 언어들의 침투에 제대로 대응하지 못하며 '롱다리'로 상징되는 볼품없는 신조어들이 우리의 언어 생활을 점점 많이 채운다.

이렇게 보면, 문인들은 지식인들 가운데서도 특히 닫힌 민족주의의 위험을 스스로에게 일깨워야 할 사람들임이 드러난다. 사람들의 넋을 자유롭게 한다는 '문학' 앞에도 '민족'이란 말을 붙여서 제약을 두어야 마음이 놓이는 문인들이 많은 우리 사회에선, 특히 그렇다.

민족주의를 제어하는 길

기술 도입에서의 협상력

I

1980년의 어느 날 IBM 직원들이 갑자기 Microsoft를 찾았다. 그들은 IBM에서 개발하려는 개인용 전산기에 쓸 운영 체계를 찾고 있었다. 그때 Microsoft에겐 그런 운영 체계가 없었지만, Microsoft의 사주인 빌 게이츠는 그것을 개발한 회사를 알고 있었다. 게이츠는 QDOS (Quick and Dirty Operating System)라는 장난기 어린 이름을 가진 그것을 10만 달러에 사서 MS-DOS(Microsoft Disk Operating System)라는 점잖은 이름을 붙여 IBM에 팔았다.

이상하게도 그리고 운명적으로, 그 거래를 하면서 IBM은 Microsoft가 그 운영 체계를 다른 회사들에 파는 것에 아무런 제약도 두지 않았다. IBM이 개발한 개인용 전산기는 큰 성공을 거두어 'PC'라는 말을 일상 용어로 만들었다. 자연히, MS-DOS도 무척 많이 팔렸고 곧 운영

82

체계의 표준이 되었다. Microsoft가 그렇게 운영 체계의 실질적 독점자가 된 뒤에도, IBM은 그 사실이 품은 함언들에 놀랄 만큼 무지했다. 그래서 Microsoft의 지분을 많이 살 수 있는 기회가 왔어도, 그냥 넘겨버렸다.

그뒤에 일어난 일은 이제 모두 잘 아는 역사다. Microsoft는 미국을 상징하는 기업이 되었고 빌 게이츠는 세계에서 가장 큰 재산과 명성을 지닌 기업가가 되었다. 반면에, 개인용 전산기에 관한 한, IBM은 Microsoft와 Intel에서 만든 부품들의 조립자로 전락했다.

II

널리 알려진 이 일화는 거래의 대상이 기술일 경우에도 상업적 고려 사항들이 결정적 중요성을 지닐 수 있음을 잘 보여준다. 거래가 국경을 넘는 경우엔 그럴 가능성이 훨씬 커지고, 우리 기업과 서양의 기업 사이처럼 기술 수준에 큰 차이가 나는 경우엔 사정이 더욱 심각해진다. 지금 주목을 받는 이동 통신 기술에 대한 사용료는 그 사실을 아프게 일깨워준다.

우리 연구소와 기업들은 연합해서 미국 회사로부터 이동 통신 기술을 들여와서 상용화에 성공했다. 이동 통신 기술의 중요성을 일찍 파악한 점, 미국 회사가 개발한 CDMA라는 혁신적 기술의 가능성을 제대로 살핀 점,

기술 도입에서의 협상력

그리고 아직 상용화가 되지 않은 그 기술을 들여와서 세계에서 맨 먼저 상용화에 성공한 점은 높이 평가되어야 한다. 그리고 근년에 우리 전자 회사들의 이익이 대부분 통신 사업 분야에서 나왔다는 사실이 말하듯, 그 사업은 크게 성공했다.

아쉽게도, 그 사업에서 미국 회사에 지불할 기술료에 관한 규정은 아주 거칠게 만들어졌다. 먼저, 기술료의 요율이 상식적 수준보다 훨씬 높다. 그리고 매출이 늘어나면, 기술료의 요율이 낮아지게 된 계약 관행이 지켜지지 않았다. 그래서 매출이 빠르게 늘어나면서, 기술료가 눈덩이처럼 불어나고 있다.

CDMA를 들여올 때, 그것은 아직 상용화가 되지 않은 기술이었고 물론 산업 표준도 아니었다. 그리고 그 미국 회사는 적자를 보고 있었다. 따라서 우리측이 협상에서 불리할 까닭이 없었다. 실은, 가장 큰 고객으로서 그 회사의 지분을 취득할 수 있는 선택권 *option*을 달라고 공세적으로 나갈 수도 있었다. 터무니없이 높은 기술료는 정부의 심사 과정에서 조정되게 마련인데, 그렇지 않았다는 사정도 고개가 갸웃해지는 대목이다. 우리측이 그렇게 유리한 처지에서 그렇게 불리한 계약을 할 수밖에 없었던 것은 근본적으로 사업을 추진한 사람들이 기술 분야의 전문가들이어서 협상에 관해 관심과 지식이 적었다는 사정에서 나온 것으로 보인다.

III

    문화적 토양이 전반적으로 척박한 터라, 여러 분야들의 전문가들이 협동하는 전통이 우리에겐 부족하다. 그리고 그것은 협상력의 약화로 나타난다. 기술 도입에선 이런 약점이 특히 뚜렷하고 대책도 마련하기 어렵다.

    요즈음 연구 개발은 늘 사업 *project* 의 형태로 추진된다. 그래서 사업 책임자는 그 사업을 관장하는 공식 조직으로부터 상당히 독립해서 일을 수행하고, 자연히, 사업은 대체로 행렬식 조직 *matrix organization* 의 모습을 한다. 이런 상태에서 관심과 지원은 주로 연구나 기술 분야에 쏠리게 되고 금융이나 구매와 같은 지원 기능들은 소홀히 다루어지게 마련이다. 설령 사업 책임자가 그런 지원 기능들에 관심을 가진다 해도, 능력을 갖춘 사람들을 찾기가 어렵다. 뒷바라지나 하는 일에 뛰어난 사람들이 참여할 리 없다.

    이런 구조적 어려움을 풀어 협상력을 높이는 것은 우리 앞에 놓인 큰 숙제다. 앞으로도 우리는 외국 기술을 많이 들여와야 한다. '지구 제국'에서 기술적으로 자급자족할 수 있는 나라는 없다. 미국까지도 예외가 아니다.

85

기술 도입에서의 협상력

기술 도입이 뛰어난 기술적 판단과 함께 세심한 상업적 고려를 요구하는 일이라는 점은 강조되어야 한다. 일본이 1950년부터 1980년까지 30년 동안 3만 개의 외국 기술을 들여왔다는 사실은 ‘세계화’의 고비를 넘는 우리에게 기술 도입에서의 협상력이 얼마나 중요한가 일깨워준다.

김영삼 정권의 치적과 과제

I

어떤 정치 지도자에게나 그에게 맡겨진 핵심적 과업이 있게 마련이다. 그리고 그에 대한 평가는 그가 그런 핵심적 과업을 얼마나 성공적으로 해냈느냐에 따라 근본적으로 결정된다. 그 일을 잘 해낸 정치 지도자들은, 여러 가지 잘못들을 저질렀을 경우에도, 비교적 높은 평가를 받는다. 반면에, 자기에게 맡겨진 핵심적 과업이 무엇인지 깨닫지 못한 정치 지도자들은, 뚜렷한 잘못이 없는 경우에도, 어쩔 수 없이 낮은 평가를 받는다.

이 점에 관해서, 근년의 우리 역사는 대체로 운이 좋았다. 아주 찌들어서 희망이 없는 것으로 보였던 우리나라가 반세기 만에 놀랄 만큼 발전할 수 있었던 데엔 우리 정치 지도자들이 대체로 자기에게 맡겨진 핵심적 과업이 무엇인지 깨닫고 그 일을 이루려고 애썼다는 사실이 제 몫을 했다.

이승만 대통령은 1940년대의 우리 정치가들 가운데서 돋보이는 정치적 감각과 식견을 가졌었다. 그래서 그는 누구보다도 먼저 조선이 미국과 소련의 영향권으로 양분될 수밖에 없다는 사실을 깨달았다. 그를 비롯한 임정 요인들이 귀국했을 때, 미국과 소련 사이의 냉전은 이미 국제 질서의 기본적 구도로 자리잡았고 지도 위에 그어진 추상적 '북위 38도선'은 어떤 지형적 경계보다 뚜렷한 경계가 되어 있었다. 그래서 그는 깨달았다, 자기에게 맡겨진 핵심적 과업이 남한에 자유민주주의 정부를 세우고 그것에 튼실한 바탕을 마련해주는 일임을. 비록 단독 정부 수립은 지금까지 그에 대한 폄하의 근거로 여겨졌지만, 최근에 미국과 러시아에서 공개된 자료들은 그의 판단과 결정이 현실적이었음을 밝혀주었다. 그리고 그는 뛰어난 정치적 능력으로 피폐해진 나라를 잘 이끌었다. 비록 그의 허물들이 많고 크지만, 북한의 남침에 효과적으로 대비하지 못한 점과 독재 정치를 펴서 민주주의의 바탕을 세우지 못한 점은 특히 큰 허물들이지만, 그가 자신에게 맡겨진 핵심적 과업이 무엇인지 잘 깨닫고 그것을 비교적 잘 해냈다는 사실은 오롯이 남는다.

장면 총리에게 맡겨진 핵심적 과제는 혁명으로 독재 정권을 무너뜨린 사회가 필연적으로 맞는 혼란을 수습

하고 새로운 질서를 만들어내는 일이었다. 그러나 그는 그 일을 제대로 해내지 못했다. 새로 생긴 나라들에서 헌정에 대한 가장 큰 위협은 군부라는 사실을 제대로 깨닫지 못해서, 그는 정권을 잃었고 우리 사회는 압제에 시달리게 되었다.

박정희 대통령은 우리 사회가 맞은 과업은 경제 발전이라는 사실을 잘 깨달았고 그 일을 더할 나위 없이 잘 해냈다. 그래서 그가 군부 정변으로 권력을 잡았다는 원죄와 줄곧 독재 정치를 폈다는 사실도 그의 큰 성취를 많이 깎아내리지 않는다.

전두환 대통령에게 맡겨진 과업도 경제 분야의 일이었다. 박정희 정권 말기엔 시장에 대한 정부의 지나친 간섭과 보호 무역 정책으로 우리 경제는 활력을 잃어가고 있었다. 전두환 대통령은 과감한 자유화 정책으로 시들어가던 우리 경제에 활력을 다시 불어넣었다. 집권 과정에서 그가 한 일들이 그에 대한 평가를 많이 깎아내렸지만, 대통령으로서의 그는 치적이 컸다.

1980년대 말엽에 노태우 대통령이 맞은 과업은 1960년대 초엽에 장면 총리가 맞은 것과 비슷했다. 오랫동안 압제를 받았던 시민들이 자유를 되찾는 과정은 늘 폭발적이다. 그런 과정이 실제로 폭발로 이어지지 않도록 하면서 민주적 질서를 이루는 것이 그가 해야 할 일이었

김영삼 정권의 치적과 과제

다. 그는 그 사실을 잘 깨달았고 참을성 많기로 유명한 그의 성격은 그 과업에 잘 맞았다. 비록 그에 대한 평가가 높지 않지만, 후세의 사가들은 그의 치적에 상당히 높은 평가를 내릴 것이다.

Ⅱ

그러면 김영삼 대통령에게 맡겨진 가장 중요한 과업은 무엇이었나? 돌아다 보면, 그가 취임할 때, 우리 시민들 사이엔 우리 사회를 모든 부면들에서 자유롭게 만드는 것이 무엇보다도 중요하다는 합의가 이루어져 있었다. 그래서 '자유화'가 그의 핵심적 과업이었다. 특히 경제 자유화는 시급했다. 경제 발전의 유력한 모형으로 여겨지던 일본과 한국의 경제 정책은 정부의 지나친 비대화라는 후유증 때문에 점점 외면되고, 한때 우리를 본받으려 애썼던 동남아시아의 여러 나라들이 우리 모습에 대해 경멸을 드러내면서 자유주의를 보다 충실히 따르는 새로운 모형을 제시했다는 사정이 그 점을 잘 드러냈다.

그러나 그는 그 사실을 제대로 깨닫지 못했다. 자연히, 그는 나라를 제대로 이끌 수 없었고, 우리 나라는 '6·25 전쟁' 이후로 가장 큰 위기를 맞았다.

그가 그렇게 실패한 까닭은 무엇인가? 그의 실패엔

물론 많은 요인들이 작용했을 터이다. 그의 무지·무능·편협성, 나라의 이익보다 자신의 이익을 앞세우는 욕심, 정치놀이 *politicking* 에 빠져서 다른 분야들에 대한 관심이 없었던 점 따위를 이내 꼽을 수 있을 것이다.

그러나 가장 근본적 까닭은 역시 그가 자신에게 맡겨진 핵심적 과제를 제대로 인식하지 못했다는 사실일 것이다. 그 점은 그가 선거 때 내세운 구호 '작고 강력한 정부'에서 잘 드러난다. 작은 정부는 강력하기 어렵다. 그리고 강력한 정부는 필연적으로 크고 점점 커지게 마련이다. 그 짧은 구호 속에 있는 모순이 그의 실패를 예약한 것이다.

정치가들이야 모두 권력을 갈구하지만, 그는 권력에 대한 집착이 유난히도 큰 사람이었다. 그는 중학교 다닐 때 이미 자신을 '미래의 대통령'이라고 일컬었고 줄곧 그 꿈을 이루기 위해 애써왔다. 그에게 신념이 있었다면, 그것은 '나는 대통령이 되어야 한다'였고, 대통령이 된 뒤엔, '나는 대통령 노릇을 멋지게 해야 한다'였다. 자연히, 그는 작은 정부 대신 강력한 정부를 골랐다. 대통령 노릇을 멋지게 하는 데엔 자신의 뜻에 따라 움직이는 관료 조직이 크고 강해야 하기 때문이다. 그래서 정부의 몸집과 권한을 줄이는 일은 신명나지 않는 몸짓을 보인 뒤 슬그머니 사라졌고, 새로운 정부 조직들이 잇달

김영삼 정권의 치적과 과제

아 나왔고 관리들은 점점 늘어났다.

그런 과정에서 그에게 맡겨진 과제인 자유화는 제대로 나아가지 못했다. '규제 완화'라는 말에 시민들이 식상했지만, 관리들의 권한은 여전히 컸고 거기에 따른 부패는 오히려 심해졌다.

Ⅲ

그의 실책들이 쌓이면서, 우리 사회는 속으로 병이 점점 깊어갔다. 그 병이 겉으로 드러난 것이 이번에 우리가 맞은 경제 위기다. 따라서 이번 경제 위기의 성격과 대처 방안을 살피면, 자연스럽게 김영삼 정권에 대한 평가가 나오고 남은 과제의 모습이 드러날 것이다.

위에서 살핀 것처럼, 이번 위기는 우리 사회가 자유화라는 근본적 개혁을 이루지 못한 데서 나왔다. 그런 근본적 개혁은 시민들 다수에게 일시적이나마 괴로움을 주므로, 그것은 시민들의 굳은 정치적 의지가 있어야 추진될 수 있다. 그러나 평시에 시민들이 그런 정치적 의지를 이루기는 아주 어렵다. 따라서 근본적 개혁의 요체는 그런 개혁에 따르는 갖가지 어려움들을 이겨낼 만큼 큰 시민들의 정치적 의지를 이루어내는 것이다.

그 일엔 대개 두 가지 조건들이 필요하다. 하나는 전통과 제도의 무거운 관성을 이길 수 있고 시민들의 잠재적 열정을 불러일으킬 만큼 큰 사회적 충격이다. 그래서 근본적 사회 개혁은 늘 반란·정변·전쟁, 또는 우세한 문화와의 접촉과 같은 충격적 사건들이 나온 뒤에야 시도된다. 다른 하나는 그렇게 조성된 시민들의 열정을 모아 개혁의 작업에 동원할 정치적 지도력이다. 충격적 사건들이 근본적 개혁으로 이어지지 못하는 경우가 많은 것은 뛰어난 정치적 지도력이 드물기 때문이다.

IV

이번에 그런 사회적 충격은 우리 금융 체계에서의 공황이라는 형태로 왔다. 그리고 그 충격은 전통과 제도의 묵직한 관성을 이기고 시민들의 열정을 불러일으킬 만큼 크다. 안타깝게도, 그런 충격을 기회로 삼아 시민들의 열정을 사회 개혁에 동원할 만한 정치적 지도력은 보이지 아니한다. 김영삼 대통령이야 나라를 이끄는 데 필요한 최소한의 지도력마저 잃은 지 오래지만, 대통령 후보들도 진정한 개혁에 필요한 자질을 보이지 못했고 그들이 내건 정책들도 실망스럽다.

그런 정치적 지도력의 공백을 메운 것은 반세기 전에 경제적 어려움에 빠진 나라들을 돕는 기관으로 세워진 국제 기구인 '국제통화기금IMF'이었다. 그 기구는 이번 위기의 성격을 또렷이 진단하고 우리 정치 지도자들이

김영삼 정권의 치적과 과제

감히 입 밖에 내지도 못했던 처방들을 내놓았다. 빠른 경제 발전에 드는 자본을 마련하고 국제 수지에서의 적자를 메우기 위해, 그 동안 우리 사회는 외화가 많이 필요했다. 그런 외화는 외국인들의 대출이나 투자라는 형태로 우리 사회에 들어왔는데, 그들은 비합리적으로 행동하는 우리 기업들과 정부에 대한 믿음을 차츰 잃었다. 올해엔 그런 경향이 두드러졌고, 외국인들은 우리에게 빌려주었거나 투자했던 자본을 갑자기 많이 찾아갔다. 그것이 이번 위기가 나온 과정이다. 따라서 이번 위기에 대처하려면, 외국인들이 우리 기업들과 정부에 대한 믿음을 다시 지녀서 그들이 찾아간 자본이 다시 들어오도록 해야 한다. '국제통화기금'이 요구한 조건들은 바로 그 일을 하는 데 필요한 처방들이다.

'국제통화기금'이 이번에 한 일의 중요성은 그런 국제 기구가 존재하지 않는 상태에서 우리 사회가 맞았을 운명을 생각해보아야 비로소 제대로 드러난다. 비록 우리 가슴마다 자괴와 울분이 끓지만, 그리고 '국제통화기금'의 도움을 고깝게 여기는 기류가 거센 것도 사실이지만, 그런 국제 기구가 급한 불을 끄는 데 필요한 자금과 함께 우리의 적절치 못한 제도들과 관행들을 근본적으로 바꿀 만한 대안들을 들고 찾아오는 세상에 우리가 살고 있으며 우리의 태도도 그런 세상에 걸맞게 바뀌어야 한다는 점도 강조되어야 할 것이다.

그러나 바깥 사람이 할 수 있는 것들엔 한도가 있고 그들이 내놓는 방안들은, 아무리 현명하고 힘이 실렸다 하더라도, 우리 시민들의 정치적 의지를 이루는 계기일 따름이다. 개혁을 실제로 이루는 힘은 언제나 시민들의 정치적 의지다. 따라서 우리 사회를 근본적으로 개혁하려는 시민들의 정치적 의지를 이루어내는 일은 무엇보다도 급하고 중요하다. 만일 우리가 그렇게 하지 못한다면, 불길처럼 일어난 시민들의 열정은 절망의 무기력으로 사그라들고 이번 충격이 제공한 기회는 그저 아픈 기억으로 남게 될 것이다.

V

개혁을 위한 정치적 의지를 이루어내려면, 먼저 우리는 이번 '국제통화기금'의 구조 작업을 민족주의적 감정으로 바라보고 폄하하거나 거부하는 일을 삼가야 한다. 아무도 '국제통화기금'의 도움을 받을 것을 우리에게 강요하지 않았다. 아무도 그런 도움에 여러 가지 엄중한 조건들이 따른다는 사실을 우리로부터 감추지 않았다. 우리는 다급한 처지로 몰렸고 스스로 도움을 요청한 것이다. 비록 '국제통화기금'의 융자 조건들이 엄중한 것은 사실이지만, 그 국제 기구를 점령군으로 여기는 것은

김영삼 정권의 치적과 과제

사실을 일부러 외면하는 사람들만이 저지를 수 있는 잘못이다.

많은 사람들이 지적했듯이, 융자에 따른 조건들이 모두 우리 경제를 시장 경제의 이상에 보다 가깝게 만들기 위해 우리 스스로 했어야 할 조치들이라는 사실도 있다. '국제통화기금'이 우리 사회에 생긴 정치적 지도력의 공백을 메웠다는 얘기는 바로 그 사실을 가리킨 것이다.

따라서, 우리는 사실을 바로 보고 의연하게 처신해야 한다. 지금 우리는 점령군의 통치를 받는 것이 아니다. 우리 처지를 '경제적 신탁 통치'나 '경제 주권의 박탈'로 묘사하는 것은 자학일 따름이다. 자학은 어떤 감정적 욕구를 충족시키지만, 개인에게나 사회에게나, 그것이 현명한 반응인 경우는 없다.

외국 자본에 대해서도 같은 얘기를 할 수 있다. 외부 지향적 경제 정책을 펴서, 외국의 자본을 들여와 공장들을 짓고 수출을 해서 빠른 경제 성장을 이룬 우리가 외국 자본이 보다 자유롭게 들어오는 것을 막았다는 사실은 참으로 희비극적이다. 외국 자본이 한꺼번에 빠져나가는 위험을 걱정하는 것은 자연스럽지만, 그런 걱정은 실은 피상적 관찰에서 나왔다. 우리 사회에 들어온 외국 자본이 다시 빠져나간다는 것은 외국 투자가들이 우리 경제 상태에 대해서 비관적 전망을 했다는 얘기다. 따라서 그런 외국 자본의 존재는 우리 경제에 대한 조기 경보 장치 노릇을 한다. 모든 생명체들은 그런 조기 경보 장치를 가졌으니, 바로 통각(痛覺)이다. 그래서 아픔은 모든 생명체들이 공통으로 지닌 학습 기구다. 외국 자본이 빠져나가 우리 시민들이 고통을 겪는 것은 우리가 바로 그런 학습 기구를 통해서 우리 경제의 현황에 대해 알게 되는 과정에 다름아니다. 그런 장치보다 효과적으로 우리 정부와 기업들의 행동을 감시하는 기구는 없다. '외국 자본에 무방비 상태로 노출되었다'는 식으로 본능적 반응을 보이는 대신, 우리는 오히려 다행으로 여겨야 한다, 그렇게 위험을 미리 알리는 기구가 있다는 사실을.

VI

줄곧 외침으로 시달려온 역사와 근세엔 식민지가 되었던 참담한 경험까지 가진 터라, 우리 사회엔 민족주의적 정서가 특히 거세다. 그래서 시민들이 요즈음의 상황에 대해 민족주의적 태도를 보이는 것은 자연스럽다. 우리를 분노와 걱정으로 모는 것은 정부가 그런 민족주의적 반응을 줄곧 조장해왔고 그런 행위의 해악이 무척 크다는 사실이다.

무역 자유화는 이 세계에 사는 모든 사회들에게 필요

김영삼 정권의 치적과 과제

하고 이롭다. 우리처럼 무역에 크게 의존하는 사회들은 특히 그렇다. 그러나 어느 사회에나 보호 무역주의 세력은 강하다. 오래 전부터 정부는 자유 무역의 이로움과 무역 장벽 철폐의 필요성에 관해서 시민들을 차근차근 설득하는 대신 외세에 밀려 어쩔 수 없이 우리 시장을 열게 되었다고 설명하는 쉬운 길을 거듭 골랐다. 그리고 무역 협상에서 강대한 외세에 맞서 국익을 지키려고 애쓰는 애국자들로 자처했다. 그런 태도는 김영삼 정권에서 특히 심했으니, 그들은 낮은 인기를 떠받치는 수단으로 시민들의 민족주의적 감정을 서슴없이 이용했다.

자연히, 우리 시민들은 다른 나라 사람들이 우리 사회에서 경제 활동을 하는 것을 좋지 않게 여기게 되었다. 그래서 우리 상품들과 자본과 인력이 해외로 진출하는 것은 바로 다른 나라들의 상품들과 자본과 인력이 우리 땅에 들어옴을 뜻한다는 사실도 제대로 인식하지 않고 있다. 물론 그런 상태는 현실적 정책을 펴는 데 큰 장애가 된다.

이번에도 정부는 그런 행태를 충실히 따랐다. '국제통화기금' 관계자들과 협상에 나선 재정경제원의 관리들은 우리 시민들의 삶을 무지막지하게 다루려는 외국 사람들로부터 우리 이익을 지키려고 애쓰는 애국자들로 자처했다. 그래서 '국제통화기금'이 요구하는 조건들이,

비록 우리의 삶을 어렵게 하겠지만, 궁극적으로는 우리를 이롭게 하리라고 시민들을 설득하는 대신, 그들은 우리가 겪을 고통들이 불필요하게 강요되었다는 전언을 시민들에게 알게 모르게 시사한 것이다. 이것은 외환 관리에서의 어처구니없는 잘못들보다도 훨씬 비열하고 해로운 짓이다.

VII

지금 막 시작된 개혁의 목표는 물론 우리 경제를 시장 경제의 이상에 되도록 가깝게 만드는 것이다. 시장 경제의 우수성은 이미 논란의 여지가 없을 만큼 증명되었다. 시장은 본질적으로 정보 처리 기구다. 그래서 시장이 제대로 움직이는 사회에선 외부 환경의 변화에 맞춰 모든 제도들과 관행들이 끊임없이 진화한다.

우리 경제가 맞은 위기는 시장이 자유롭게 움직이지 못해서 그런 진화가 제대로 이루어지지 못했음을 가리킨다. 박정희 정권 아래서 시작된 경제 개발은 정부가 은행들을 지도해서 자금을 전략적 부문들에 집중적으로 투자하는 것을 핵심으로 삼았다. 그런 정책은 일단 큰 성공을 거두었다. 그러나 우리 경제가 발전해서 훨씬 커지고 복잡해지자, 정부에 의한 자금의 통제는 점점 비효율적이 되었다. 그리고 필연적으로 '정경 유착'이라고

김영삼 정권의 치적과 과제

불리는 부패를 낳았다. 특히 은행들이 객관적 위험 평가 대신 정치적 영향력에 따라 대출을 하는 관행은 은행들을 부실하게 만들었다.

이번에 '국제통화기금'이 요구한 조건들은 그런 악습을 바꾸는 데 필요한 것들이다. 그 점에 대해선 우리 사회의 안팎에서 대체로 합의가 이루어졌다.

여기서 우리가 주목해야 할 것은, 비록 엄중하고 필요하지만, '국제통화기금'이 요구한 조건들은 우리 경제를 보다 자유롭고 효율적으로 만드는 데 필요한 조치들의 한 부분일 따름이라는 사실이다. 우리 경제를 개혁하는 데는 그 조건들을 이행하는 것만으로는 부족하다. 게다가 이번 위기가 금융과 외환 부문에서 비롯했다는 사정과 '국제통화기금'이 본질적으로 통화를 다루는 기구라는 사정이 겹쳐서, 그것들은 주로 금융과 무역 부문에 강세가 주어졌다. 경제 개혁에서 가장 중요하고 어려운 과업들인 정부의 축소와 노동 시장의 자유화는 상대적으로 소홀히 다루어졌다. 이번의 위기가 우리 경제를 개혁할 기회라고 여기는 사람들은 바로 이 점을 걱정해야 할 것이다.

VIII

정부의 몸집과 힘을 줄이는 일이 어려울 것은 자명하

100

다. 권력을 쥔 사람들이 스스로 자신들의 일자리와 권한
들을 줄일 리 없기 때문이다.

그러나 작은 정부가 좋다는 것은 모두 알고 지지한다.
그래서 그 일을 해낼 만한 정치적 의지를 이루는 것이
아주 어렵지는 않다. 그러나 노동 시장을 자유롭게 만드
는 일은 훨씬 어렵다. 거의 모든 시민들이 노동 시장에
가해진 갖가지 규제들이 이롭다고 여기기 때문이다. 그
런 생각이 바뀌지 않는 한, 노동 시장의 자유화는 제대
로 이루어질 수 없다.

노동 시장에 대한 규제들이 노동자들을 돕고 일자리
들을 지킨다는 생각은 일자리들의 수가 고정돼 있어서,
기업들의 파산이나 영업 축소로 일자리들이 없어지면,
시장이 새로운 일자리들을 빠르게 만들어내지 못한다는
생각에 바탕을 두고 있다. 그런 생각은 모든 사회들에
널리 퍼져서 '노동 총량 오류 *lump-of-labor fallacy*'라는
이름까지 얻었다. 그러나 시장은 새로운 일자리들을 끊
임없이 만들어낸다. 파산하거나 부진한 기업들은 생산
요소들을 가장 경제적인 방식으로 쓰지 못했기 때문에
어려운 처지로 몰린 것이다. 그런 기업들이 파산하거나
영업을 축소하면, 그 기업에 들어갔던 생산 요소들은 풀
려나서 새로운 기업들에 의해 이용된다. 슘페터는 그런
과정을 자본주의의 '창조적 파괴 *creative destruction*'라고

김영삼 정권의 치적과 과제

불렀다. 많은 사람들이, 반어적으로 슘페터까지 포함해서, 자본주의가 멸망하리라고 예언했지만, 자본주의가 줄곧 큰 활력을 보여온 것은 바로 그런 '창조적 파괴'가 작용했기 때문이다.

지금 우리 사회에서 가장 큰 문제로 떠오른 실업에 대해서, 많은 사람들은 기업들이 일자리들을 줄이는 것에 반대한다. 며칠 전 실시된 어느 여론 조사에 따르면, 우리 시민들 가운데 83.7%가 작업 시간을 줄이고 임금을 묶거나 깎는 것이 감원을 하는 것보다 낫다고 믿는다. 대부분의 대중 매체들도 그것이 '고통을 나누어 지는 길'이라고 선전한다. 그런 사정을 반영해서, 대통령 후보들도 모두 그것을 실업 대책으로 내놓았고, 압력을 느낀 선도적 기업군들은 감원 계획을 취소하고 있다.

그럴듯하게 들리지만, 그것은 본질적으로 '노동 총량 오류'에서 나온 주장으로 우리 사회에 큰 해를 끼칠 수 있다. 실제로 그것은 지금 우리 사회 앞에 놓인 가장 위험한 덫이다.

일자리들의 수와 임금의 액수를 그렇게 맞바꾸는 것은 간단하고 이해하기 쉽다. 무엇보다도, 그것 때문에 직접적으로 손해볼 사람들이 적다. 기업가들이나 경영자들도 괴로운 감원 대신 훨씬 덜 괴로운 감봉을 선호한다. 자연히, 그 방안은 사회적 동의를 쉽게 얻을 수 있

고, 그것은 거의 모든 사회들에서 실업 대책으로 나온
다.

그러나 그 방안은 자원이 잘못 쓰이도록 만들어서 사
회에 큰 손실을 끼친다. 필요없는 사람들을 붙잡아둠으
로써, 기업들은 그들이 새로운 일자리들을 찾는 것을 막
는다. 그래서 시장이 '창조적 파괴' 과정을 통해서 새로
운 일자리들을 만들어내지 못하게 한다.

1960년대와 1970년대에 정부는 노동조합 운동을 막고
임금 인상을 생산성의 향상보다 낮게 유지했다. 그런 조
치에 대한 보상으로 정부는 사용자들이 노동자들을 해
고하기가 실제적으로 불가능하도록 법을 만들었다. 사
정이 근본적으로 바뀐 지금도 그런 법은 시행되고 있다.
지금 그런 시대착오적 법 때문에 기업들이 억지로 쓰는
과잉 인력은 적게는 10%에서 많게는 20%에 이른다고
추산된다. 그리고 그렇게 탄력성을 잃은 노동 시장은 해
마다 과잉 인력을 1백분 점 *percentage point* 만큼 늘린다
고 추산된다. 그런 위장 실업이 불러오는 사회적 손실은
물론 엄청나다. 우리 기업들이 기술과 자본에서 앞선 선
진국들의 기업들에 점점 밀리고 저임금을 앞세운 후발
국들의 기업들에 추월당한다는 얘기가 나온 지 벌써 몇
해인가.

기업들이 필요없는 인력을 자유롭게 해고하지 못하도

김영삼 정권의 치적과 과제

록 하는 조치들은 '일자리 보호*job protection*'라고 불린다. 그러나 '일자리 보호'가 시행된 사회들은 그렇지 않은 사회들보다 훨씬 높은 실업률을 보여왔다. 해고를 어렵게 하는 것은 궁극적으로 고용 비용을 높인다. 최저임금제나 높은 노동세도 물론 같은 효과를 지닌다. 그래서 그런 제도들은 기업이 일자리를 늘리기 어렵게 만든다. 노동 시장에 대한 규제가 적은 미국은 많은 일자리들을 만들어내서 실업을 아주 낮은 수준으로 억제하고 있지만, 노동 시장에 갖가지 규제를 해서 일자리를 보호하려고 애써온 유럽의 여러 나라들은 새 일자리들을 거의 만들어내지 못해서 미국보다 곱절이나 높은 실업률을 보인다. 1991년 이후 일자리에서 미국은 거의 8백만 개의 순증이 있었지만, 유럽 연맹은 거의 5백만 개의 순감이 있었다. 노동 시장을 근본적으로 자유화한 영국의 경우, 구조적 실업률은 지난 10년 사이에 9%에서 6%로 낮아졌다.

물론 해고된 사람들이 모두 새 일자리를 찾는 것은 아니다. 그러나 '창조적 파괴'를 통해 새로 만들어진 일자리들은 없어진 일자리들보다 늘 많다. 그리고 흔히 보수도 높다. 특히 중요한 것은 그런 새 일자리들은 새로 사회에 나오는 젊은이들이 갖는 첫 일자리들이라는 점이다. 나이 든 세대들의 위장된 일자리들을 위해서 사회에

막 나오는 세대들의 진정한 일자리들을 없애는 것이 어떻게 '고통을 나누어 지는 길'이 될 수 있겠는가? 그것은 기껏해야 '더 큰 고통을 나누어 지는 길'이 될 것이다.

IX

역사는 또렷이 보여준다, 개혁이 근본적일수록 거기서 나오는 비용이 적다는 것을. 근년에 경제 개혁을 시도한 여러 나라들의 경험 역시 같은 교훈을 말해준다: 개혁이 근본적이면, 시민들이 받는 고통은 크지만, 경제는 훨씬 빠르게 회복하므로, 고통의 총량은 훨씬 적다. 위에서 살핀 것처럼, 노동 시장의 자유화라는 어려운 길을 고른 뉴질랜드, 미국, 그리고 영국은 지금 낮은 실업률을 보이면서 활기를 보이지만, '일자리 보호'라는 쉬운 길을 고른 유럽의 나라들은 모두 높은 실업률로 어려움을 겪고 있다. 명령 경제 체제에서 시장 경제 체제로 바꾼 동유럽의 여러 나라들의 경험도 같다. 자유화 조치가 근본적이었던 나라들은 처음엔 큰 고통을 겪었지만 빠르게 회복해서 개혁에 든 비용의 총량은 훨씬 적었다.

거듭 강조되어야 할 것은 지금 우리 사회가 맞은 가장 큰 위험은 실업 대책에서 쉬운 길을 고를 가능성이라는 사실이다. 한번 그 길로 들어서면 우리는 벗어나기 힘든

105

덫에 치일 것이다. 우리 경제에 활기를 불어넣는 일에서 노동 시장의 자유화를 대체할 것은 없다.

이것은 우리 사회의 모든 시민들에게, 특히 실업의 위험을 느끼는 노동자들에게, 아주 쓰게 닿을 얘기다. 그리고 그런 반갑지 않은 얘기를 하는 사람들에게 돌아오는 보상은 없다. 그러나 "좋은 약이 입에 쓰다"는 옛 말씀이 지금보다 더 적절했던 적은 드물었다.

X

이렇게 보면, 임기가 얼마 남지 않은 김영삼 대통령이 마지막으로 우리 사회를 위해 할 수 있는 일은 노동 시장의 자유화를 위해 노력하는 것이라고 할 수 있다. 노동 시장의 자유화가 워낙 정치적으로 위험하고 비용이 많이 드는 일이라서, 새 대통령이 그것을 시도하면, 그는 어쩔 수 없이 정치적 자산을 많이 잃게 된다. 따라서 김대통령이 작년에 시도했다 실패한 그 일을 마무리하는 것이 바람직하다.

다섯 해 전 대통령에 당선된 김영삼씨는 자신의 앞에 놓인 장애물들 가운데 가장 위험한 것이 쌀 시장의 개방이며 그것을 치우는 데는 노태우 대통령의 너그러운 협조가 필요하다는 사실을 깨닫지 못했다. 그래서 그는 노태우 정권과 자신의 정권을 차별화하는 일에 귀중한 시

106

간을 허비했고 그를 도와주었고 아직 도와줄 수 있는 대
통령의 정치력을 허물었다. 그런 실책은 치명적이었으
니, 그는 쌀 시장 개방으로 자신의 정치적 자산을 대부
분 잃었다.

이 사실에서 김대통령과 대통령 당선자는 함께 교훈
을 얻어야 한다. 그들이 협력해서 노동 시장을 자유화하
는 일에 성공한다면, 우리 앞날은 지금 하늘을 가득 덮
은 먹구름에도 불구하고 상당히 밝을 것이다. 그들이 그
렇게 하지 못한다면, 당장은 덜 괴롭겠지만, 우리 사회
는 무척 큰 값을 치를 것이다. 아울러 전현직 대통령들
의 업적도 그만큼 작아질 것이다.

'기업 사냥'에 관하여

I

요즈음 '기업 사냥'이란 말이 자주 들린다. 우리 주식 시장에서 주가가 아주 낮아졌고 환율은 곱절 가까이 높아진 터라, 외국인 투자가들은 전보다 훨씬 적은 돈으로 우리 기업들을 살 수 있게 되었다. 그래서 그들이 우리 기업들을 마구 사들일 가능성에 대해 많은 사람들이 걱정하고 있으며, 우리 기업들을 외국 투자가들에게 잡혀 먹히는 존재로 그린 '기업 사냥'이란 비유는 그럴듯하고 생생하므로, 대중 매체들이 즐겨 쓴다.

그러나 그 말은 아주 조심스럽게 쓰여야 한다. 우리 사회에 늘 거센 민족주의적 성향을 자극해서 우리 시민들로부터 비합리적 행동을 불러낼 위험이 아주 큰 말이기 때문이다.

먼저, '기업 사냥'이란 말엔 외국인 투자가들이 우리 기업들을 얻는 것은, 맹수가 먹이를 사냥하는 일처럼, 무자비하고 공정하지 못하다는 뜻이 담겼다. 그러나 외국인 투자가들은 강제로 기업들을 빼앗는 것이 아니다. 그들은 증권 시장에서 시세대로 값을 치르고 기업들의 일부나 전부를 산다. 자유로운 거래이므로, 기업에 대한 권리를 파는 우리 투자가들과 사는 외국인 투자가들 모두가 그런 거래에서 이득을 본다. 이른바 '파레토 개선'을 이룬다. 따라서, '기업 사냥'이란 말이 주는 그런 심상은 뒤틀린 것이다.

물론 그 말을 쓰는 사람들의 마음을 붙잡는 것은 지금 주가가 기업들의 '진정한 가치'를 반영하지 못한다는 생각 때문이다. 그런 생각은 자연스럽다. 그러나 그것이 논리적으로 타당할까?

어떤 기업의 가치는 그 기업에 대한 투자가들의 평가를 반영하여 주로 증권 시장에서 결정된다. 그리고 투자가들의 평가는 그 기업의 수익과 위험에 영향을 미치는 모든 요소들을 고려하여 이루어진다. 자연히, 증권 시장의 시세야말로 '진정한 가치'를 반영한다, '진정한 가치'란 말이 무엇을 뜻하든.

실제로 이것은 증권 시장과 같은 투기 시장에 관한 정설인 '효율적 시장 이론 *efficient-market theory*'이 뜻하는 것이다. '효율적'이란 말은 경제학에선 일반적으로 생산량이 극대화되도록 자원들이 배치된 것을 뜻하는데, 금융 이론에 쓰이면, 이용될 수 있는 정보들이 모두 가격에 반영된 것을 뜻한다. '효율적 시장 이론'은 시장 가격이 이용될 수 있는 모든 정보들을 반영해서 상품의 실질 가치를 가장 잘 측정한다고 본다.

이렇게 보면, 외국인 투자가들이 횡재하고 우리 사회가 억울하게 손해를 볼 가능성을 걱정하는 일은 부질없다는 것이 드러난다. 너무 낮은 주가가 불러올 그런 손해를 우리가 정말로 걱정한다면, 우리 자신이 '진정한 가치보다 훨씬 싼' 주식들을 한껏 사서 주가를 높이면 된다. 물론 그렇게 하려는 사람은 없다. 그것이 비합리적 행동이므로.

아마도 많은 사람들이 바라는 상태는, 우리가 이전처럼 '외국인의 주식 취득 한도'를 유지해서, 외국인 투자가들이 우리 기업들에 투자는 하되 경영권을 지니지 못하는 상태일 것이다. 이번 위기로 그런 한도가 없어졌다는 사정이 가리키듯, 그런 생각은 너무 일방적이다. 거센 민족주의적 성향과 '외국인 공포증'에서 나온 그런 태도는 지금까지 외국인 투자가들이 우리 사회를 멀리

한 근본적 요인이고 이번 위기를 불러온 직접적 요인들 가운데 하나다. '세계화'가 구호에 그친 데엔, 김영삼 정권의 무능에 큰 책임이 있지만, 우리 시민들의 그런 협량이 가장 큰 몫을 했다.

III

위에서 살핀 것처럼, '기업 사냥'이란 말은 여러 겹으로 잘못된 판단들에서 나온 말이다. 그러나 이 문제엔 우리 사회에서 거의 언급되지 않는 또 하나의 측면이 있다. 앞선 사회의 문물들 가운데엔 앞선 사회의 시민들이 뒤진 사회에 실제로 들어와 활동해야 비로소 제대로 이식되는 것들이 있다. 기업 활동을 둘러싼 관행들은 그런 것들 가운데서도 특히 두드러진 것들이다. 만약에 외국인 투자가들이 보다 많이 우리 증권 시장에 투자했다면, 그래서 그들이 여러 기업들을 실제로 경영해왔다면, 지금 우리가 갑작스럽게 추진하고 있는 기업 개혁 조치들이 훨씬 효과적이고 효율적으로 이루어졌을 터이다. 우리 기업들이 지금까지 해온 갖가지 원시적이고 때로는 불법적인 행위들이 오래 전에 개선되었을 터이므로, 이번 위기도 그렇게 심각하지 않았을 터이고 우리가 치를 값도 훨씬 적었을 터이다.

따라서, 외국인 투자가들이 우리 기업들을 소유하고

경영하는 일은 우리가 두려워할 일이 아니라 오히려 반겨야 할 일이다. 만일 그들이 그렇게 하지 않는다면, 우리 경제의 앞날은 정말로 어둡다. 그것이 우리가 두려워해야 할 사태다. '기업 사냥'이 아니다. 그리고 외국인 투자가들이 보다 많이 그리고 빨리 우리 증권 시장을 찾아오도록 하는 데엔 '기업 사냥'과 같은 말을 되도록 쓰지 않는 것도 보탬이 될 것이다.

새 대통령의 외교 정책

I

이번에 외화 위기가 갑자기 닥쳤을 때, 김영삼 대통령이 맨 먼저 한 일은 경제 부총리를 일본에 보내서 외화를 빌려달라고 요청한 것이었다. 두 해 전 일본이 순시선을 독도 근해에 보내서 독도 문제가 다시 불거졌을 때, 김대통령이 맨 먼저 한 일은 우리 시민들의 민족주의적 감정을 거세게 불러일으키고 함대를 보내 무력 시위를 한 것이었다. 이 두 사건들의 대조는 무척 상징적이고 교훈적이다.

일본이 순시선을 보낸 것은 물론 도발적이었고 우리로선 무슨 반응을 보여야 했다. 그러나 그것은 무력 시위를 할 만한 사건은 못 되었다. 시민들의 민족주의적 감정을 부추겨서 자신의 인기를 높이겠다는 김대통령의 계산이 아니었다면, 아마 그런 반응 방식은 외교관들 사이에서 거론조차 되지 않았을 것이다. 무력을 써서라도 문제를 해결하겠다는 위협을 담았으므로, 무력 시위는 본질적으로 좋은 방책이 못 된다. 그리고 한번 그것을 쓰면, 그 정부는 탄력적 외교를 펼칠 여지를 거의 다 잃게 된다. 김대통령의 충동적 외교를 불안한 마음으로 지켜본 사람들이 걱정했던 것처럼, 일본은 한국의 무력 시위에 한발도 물러서지 않았고, 김대통령은 적절한 외교적 대응을 하지 못했다. 모든 면에서 약한 쪽이 오히려 힘을 쓰겠다고 위협했으니, 그런 결과가 나올 수밖에 없었다. 그래서 두 나라 사이의 관계는 갑자기 어색해졌고, 모든 면에서 약하고 아쉬운 우리는 손해를 보고 괴로움을 겪어야 했다. 그리고 마침내 부총리가 급전을 빌리러 일본에 가는 일이 나온 것이다.

Ⅱ

되살피기조차 괴로운 이 일화는 자신의 정치적 이익을 위해 시민들의 민족주의적 감정을 부추기는 정치가가 나라에 얼마나 해롭고 위험한가 새삼 일깨워준다. 그것은 또한 김대통령이 외교에서 비참하게 실패한 까닭을 또렷이 보여준다. 그가 경제를 워낙 잘못 관리했으므로, 지금 다른 분야들에서의 실정은 눈에 뜨이지도 않는다. 그러나 찬찬히 살펴보면, 외교 분야에서의 실정도 경제 분야에서의 그것만큼 크다는 것이 드러난다. 김정

권 아래서 우리 나라와 다른 나라들 사이의 관계는 두드
러지게 나빠졌다. 우리의 이익과 직접적 관계가 큰 미국
과 일본과의 관계가 아주 나빠진 것은 특히 걱정스럽다.
관계가 나빠지지 않은 나라는 중국뿐이다. 그런 사정을
반영해서, 지금 중국에 대한 우리 나라의 태도는 아주
비굴하다.

외교는 이해와 신뢰에 바탕을 둔다. 안타깝게도, 외교
를 자신의 정치적 자산을 늘리는 데 이용하는 정치가들
은 이 자명한 원칙을 잊거나 무시한다. 독도 문제는 이
점을 잘 보여준다. 지금 독도와 관련하여 일본에 조금이
라도 양보하는 정치가나 정당은 하루를 넘기지 못한다.
마찬가지로, 독도 문제에서 한국에 조금이라도 양보하
는 일본 정치가는 정치적 생명만이 아니라 육체적 생명
까지 위협받는다. 자연히, 두 나라 사이의 외교는 이런
사실을 또렷이 인식하고 상대편을 궁지로 몰지 않겠다
는 배려에서 출발해야 한다.

사정이 그러하므로, 한국과 일본의 지도자들에게 열
린 길은 되도록이면 독도 문제를 비켜가는 것뿐이다. 그
리고 그 길을 고르기도 어렵지 않다. 실질적 무인도라,
독도가 지닌 가치는, 양국의 국수주의자들의 주장과는
달리, 그다지 크지 않다. 적어도, 양국의 다른 현안들에
비기면, 아주 작다.

새 대통령의 외교 정책

그 길이 바로 러시아와 일본이 쿠릴 열도의 네 섬들에 관해서 찾아낸 길이다. 2차 대전 뒤 일본이 러시아에 빼앗긴 그 네 섬들도 독도와는 비교가 되지 않을 만큼 큰 실질적 가치를 지녔다. 자연히, 양국의 시민들이 그 섬들에 대해 보여온 민족주의적 열정도 아주 거셌고 그런 민족주의적 열정은 양국 지도자들이 고를 수 있는 정책의 폭을 크게 제한해왔다. 1973년엔 소련 지도자 레오니드 브레즈네프가 네 섬들 가운데 두 섬들을 일본에 돌려주는 협상안에 거의 동의했었지만, 일본 수상 다나카 가쿠에이가 네 섬들을 한꺼번에 돌려달라고 강경하게 주장하자, 소련은 협상에서 물러났다. 다행히, 근년에 양국 지도자들은 현실적 태도를 보이기 시작했다. 그래서 2차 대전 뒤 줄곧 양국 관계를 나쁘게 만들었던 그 영토 싸움을 옆으로 밀어두고, 양국 정부들은 어느 쪽의 주장도 손상치 않는 범위 안에서 안전 어업 구역과 분쟁 조정 방식에 관한 협상을 진행시켰고 합의를 이루었다.

III

새 대통령이 맞은 외교적 과제들 가운데 가장 중요한 것은 멀어진 나라들과의 관계를 개선하는 일이다. 물론 그것은 여느 때도 무척 힘든 과제다. 한번 멀어진 나라들과의 관계를 개선하는 데는 많은 노력과 시일이 걸리기 때문이다. 경제 위기로 우리 나라의 위신과 신뢰도가 크게 낮아진 터라, 다른 나라들과의 교섭이 더욱 어려울 수밖에 없다.

당장 급한 것은 일본과의 관계를 개선하는 일이다. 두 나라 사이의 불행한 역사가 아직도 짙은 그림자를 던지므로, 일본과의 관계를 근본적으로 개선하는 일은 참으로 어렵다. 그러나 시민들의 민족주의적 감정을 부추겨서 손쉽게 자신의 정치적 자산을 늘린다는 유혹을 물리친다면, 그래서 독도 문제를 되도록이면 다른 외교 문제들과 연관시키지 않으려고 애쓴다면, 새 대통령은 우리에게 결정적 중요성을 지닌 큰 이웃 일본과의 관계를 훨씬 낫게 만들 수 있을 것이다.

2

'지구 제국' 시대의 민족어

'번역투'의 참뜻

I

지금 세계가 하나의 문명으로 통합되어간다는 사실은 우리 삶의 모든 부면들에 근본적 영향을 미친다. 이 말은 물론 언어 생활에도 적용된다. 우리는 날마다 그 사실을 만난다. 국제어의 자리를 차지한 영어의 득세, 우리 사회에서도 점점 커지는 영어의 중요성, 우리 말 속으로 점점 깊이 들어오는 영어의 영향; 한자를 이용한 전통적 조어 기반의 붕괴 따위. 좀더 미묘한 영향들도 있다. 우리 말의 수호자를 자임한 '풍속의 감시자들'이 목청을 높여 비판하는 '번역투'의 문제는 그 점을 일깨워준다.

언어 생활은 사람의 삶에서 근본적 중요성을 지니므로, 번역투는 진지하게 살필 만한 일이다. 풍속의 감시자들은 번역투를 비판하는 까닭으로 그것이 우리 것이 아님을 든다. 그런 주장은 자명하다고 여겨진다. 과연 그러한가?

Ⅱ

먼저, 그런 진술은 뜻이 모호하다. 그들은 번역투를 '영어나 프랑스어와 같은 서양 언어들을 번역하는 데 주로 쓰이는 문체'의 뜻으로 새긴다. 그러나 번역투는 원래 어떤 언어에서 전통적 문체와 구별될 만큼 외국어의 영향을 받은 문체들 모두를 가리키는 말이다. 그 두 가지 뜻들을 제대로 구별하지 않으면, 혼란이 나올 수밖에 없다. 잘못된 것은 무엇인가? 서양어 번역투인가? 아니면, 모든 번역투들인가?

번역투에 대비되는 '우리 문체'라는 개념도 모호하다. 과연 무엇이 '우리 문체'인가? 우리가 중국 대륙을 중심으로 한 한문 문명의 변두리에 자리잡았고 자신의 문자를 비교적 근년에 만들었고 그나마 그것을 지적 활동엔 거의 쓰지 않은 터라, 우리 문체는 자연스럽게 중국어의 영향을 오래 그리고 깊이 받았다. 그래서 '우리 문체'는 본질적으로 '중국어 번역투'의 성격을 짙게 띤다.

이 사실은 역설적으로 우리 고유의 시가 형식인 시조에서 또렷이 드러난다.

靑山裏碧溪水ㅣ야 수이감을 쟈랑 마라

122

一到滄海ᄒ면 도라오기 어려오니
明月이 滿空山ᄒ니 수여간들 엇더리

靑山裏碧溪水, 一到滄海, 滿空山과 같은 말들이 적절히
쓰인 이 시조는 중국어 번역투의 극치다. 그리고 당시
우리 문체의 전범이다.

개항 이후엔 우리가 주로 일본을 통해서 서양 문명을
받아들였고 일본의 혹독한 지배를 받았으므로, 우리 문
체는 '일본어 번역투'에 큰 영향을 받았다. 그런 영향은
하도 넓고 깊어서, 우리는 좀처럼 그것을 의식하지 못할
정도다.

따라서, 우리 문체의 전범으로 여겨지는 문체들은 흔
히 '중국어 번역투'와 '일본어 번역투'에서 자유롭지 못
하다. 그런 상태에서 최근에 나온 '서양어 번역투'만을
'번역투'라고 부르면서 폄하하는 일이 얼마나 정당할 수
있겠는가, 비록 다른 둘이 오래되었다는 점은 상당한 무
게를 지니겠지만?

보다 근본적으로, '우리 문체'가 실제로 있다 치더라
도, '우리 문체'만을 높이고 외국어의 영향을 받은 문체
를 폄하해서 몰아내려는 일이 정당화되기는 어렵다. 언
어를 포함해서, 모든 도구들의 가치는 궁극적으로 사람
의 삶에 이바지하는 크기로 평가된다. 어떤 도구를 그것

'번역투'의 참뜻

의 연원을 따져서, 곧 그것을 처음 생각해낸 사람이나 실제로 제작한 사람의 국적을 따져서, 평가하는 것은 비합리적이다. 그런 태도가 일반화된다면, 우리 삶은 얼마나 궁핍할 것인가.

Ⅲ

이렇게 보면, 번역투의 참뜻이 상당히 또렷해진다. 근본적으로, 그것은 크게 다른 두 언어의 매개라는 과업에 부응해서 나온 것이니, 서로 맞지 않는 두 개의 통로를 조화시켜 정보와 지식이 매끄럽게 흐르도록 만드는 도관 노릇을 한다.

또 하나 그것의 출현을 필연적으로 만든 것은 우리 언어가 섬세한 지적 작업을 감당하기 어렵다는 사정이다. 우리 역사의 대부분을 통해서 한문이 지적 작업의 도구로 쓰여왔으므로, 우리 언어는 힘든 지적 작업을 감당하면서 자연스럽게 진화하지 못했다. 따라서, 아무리 볼품없고, 수통맞더라도, 우리는 번역투 없이는 살아갈 수 없다.

세계가 점점 긴밀하게 통합되고 서양과 우리 사회 사이의 지식의 물매가 여전히 싼 터라, 번역투는 점점 우리 문체의 중심을 차지할 것이다. 그런 과정을 거쳐 점점 닦여가면서, 그것은 우리 언어 생활을 풍요롭게 할

124

것이다(간단한 예로서, '한잔의 술'은 번역투고 '술 한잔'이 우리 말투이므로, 전자를 쓰지 말자는 주장을 들 수 있다. 그러나 전자에선 '한잔'에 그리고 후자에선 '술'에 강세가 주어진다. 따라서 그 둘을 다 쓰되 구별하는 것이 우리 말을 기름지게 하는 길이다). 실은 번역투는 우리 언어의 생장점의 한 측면으로 진화가 가장 활발하게 이루어지는 부분이라 할 수 있다.

IV

번역투는 결코 외생적이지도 이질적이지도 않다. 한국어의 처지와 특질이 가장 잘 나타나는 부면이란 점에서, 그것은 우리 언어에서 가장 한국적인 부분이다. 번역투는 서양 문명을 받아들여 사회를 발전시키려 애쓰면서 정체성을 찾는 우리 사회를 가장 잘 상징한다. 우리가 할 일은 그것을 폄하하고 배척하는 것이 아니라 그것을 우아하고 섬세하게 다듬어서 그것이 자신에 맡겨진 힘든 과업을 제대로 해내도록 돕는 것이다.

우리 사회의 높은 민족주의적 열정을 타고서, 우리 언어의 수호자 노릇을 자임한 사람들의 목청은 무척 높다. 그러나 그런 '풍속의 감시자'들이 사회에 혜택을 주는 경우는 거의 없다. 그들은 사회를 덜 효율적이고 덜 관용적으로 만들 따름이다. 언어가 사람의 삶에서 워낙 근

본적 중요성을 지니므로, 우리 언어가 바뀌는 환경에 적
응해서 진화하는 것을 막는 일은 특히 해롭다. 전형적
번역투인 이 글과 같은 글들이 그런 이름으로 불리지 않
게 됐을 때, 우리 언어는 비로소 원숙해졌다 할 수 있을
것이다.

우리 언어를 합리적으로 다듬는 길

어느 사회에서나 언어를 보다 합리적이고 아름답게 다듬으려는 움직임은 끊임없이 나온다. 우리 언어에선 외래어의 비중이 무척 크므로, 그런 움직임이 특히 활발하다.

그러나 그런 움직임은 제대로 검토되지 않은 가정들에 바탕을 둔 경우가 많다. 일을 추진하는 관리들이나 전문가들이 일반 시민들에게 일방적으로 자신들의 판단을 강요하는 경우도 드물지 않다. 그런 사정은 우리 언어를 아름답고 풍요롭게 할 가능성보다 해를 입힐 위험이 오히려 크다.

II

우리 언어를 다듬으려는 사람들이 예외없이 보이는 강박관념들 가운데 하나는 일본어에서 나온 말들을 우리 삶에서 몰아내야 한다는 생각이다. 그래서 '국어 순화'는 실질적으로는 일본어에서 나온 말들을 몰아내는 일을 뜻했고 어느 사이엔가 그것은 하나의 전통으로 자리잡았다. 얼마 전에 문화체육부에서 '일본어투 생활 용어' 702개를 쓰지 말아야 할 말들로 널리 알린 것은 그런 전통이 다시 움돋은 경우다.

그런 전통을 떠받드는 사람들은 일본어에서 나온 말들은 그것들이 일본어에서 나왔다는 사실만으로도 우리 언어에 들어올 자격을 잃었다고 여긴다. 생김새나 명료성이나 우리 언어에서 맡은 몫과 같은 실질적으로 중요한 조건들은 아예 고려되지도 않는다.

그러나 어떤 말이 어떤 언어의 한 부분으로 받아들여질 수 있는 기본적 조건은 그 말이 효용을 지녔다는 것, 곧 그것에 맡겨진 역할을 감당한다는 것이다. 뜻이 또렷하고 생김새가 우아하면, 더욱 좋을 것이고. 국적은 별다른 뜻을 지닐 수 없다. 만일 어떤 사회가 쓸모 있는 말들을 특정 외국어에서 나왔다는 이유로 몰아낸다면, 그 사회의 언어는 그만큼 빈약해질 수밖에 없다. 그것은 시민들에게 편식을 강요하는 일에 다름아니다.

III

물론 우리에게 일본은 특별한 존재라는 사정이 있다.

그래서 이번의 '일본어투 생활 용어' 추방 운동도 '일제 잔재 청산 작업'의 일환으로 추진되었다고 문화체육부는 밝혔다. 그러나 '일제 잔재 청산 작업'이 일본적인 것들은, 비록 좋더라도, 모두 몰아내자는 얘기는 아닐 것이다. 유래와 관계없이 좋은 것은 받아들이고 시원치 않은 것은 버리는 것이 합리적 태도다. 만일 모든 외래어들을 대상으로 삼아서 그것들의 효용에 따라 판별한다면, 국어 순화 운동은 타당성이 커질 것이다.

여기서 우리가 살펴야 할 것은 일본의 지배가 우리에게 남긴 깊은 상처들과 끊임없이 도지는 후유증들을 치료하는 데서 일본적인 것들을 모조리 물리치는 것이 좋은 처방은 될 수 없다는 사실이다. 그런 처방은 비합리적일 뿐 아니라 비현실적이다. 일제 시대의 법령들과 제도들이 아직 그 틀을 거의 그대로 유지하는 현실에서 무엇이 우리가 그대로 지녀야 할 것들이고 무엇이 '일제 잔재'인지 누가 무슨 기준으로 자신 있게 판별할 수 있겠는가?

개항 뒤, 일본은 우리에게 서양 문물의 가장 중요한 도관이었다. 자연히, 일본 사람들이 서양 문물을 가리키는 데 쓰려고 만들어낸 말들은 우리 언어의 기본적 어휘가 되었다. 게다가 일본과 우리 사이에 있는 '지식의 물매 *gradient of knowledge*'는 여전히 싸서, 일본의 문물은

우리 언어를 합리적으로 다듬는 길

밀물처럼 들어온다. 학생들은 일본 만화에서 정신적 자양을 얻고, 젊은이들은 일본에서 유행하는 것들을 그대로 본받고, 기술자들은 일본 책들을 통해서 기술을 얻고, 관리들은 일본 법령들을 그대로 번역해서 쓴다. 그래서 지금 우리 사회의 신조어들의 태반이 일본 지식인들이 만든 말들이다. 그런 상태에서 '일본어투'란 말은 무슨 뜻을 지니는가?

가난을 겪은 사람들이 가장 빠져나오기 힘든 덫은 '무슨 짓을 해서라도, 돈을 벌겠다'라는 생각인 것처럼, '극일'이란 말을 즐겨 쓰는 사람들은 실은 식민지의 경험이 놓은 또 하나의 덫에 치인 것이다. 그 덫에서 벗어나기 힘든 것은 그것에 치인 사람들이, 가난의 덫에 치인 사람들의 배금주의처럼, 자신들이 덫에 치였음을 깨닫지 못하기 때문이다.

식민지의 경험은 아주 긴 그림자를 던진다. 그래서 일본적인 것에 대한 혐오와 경계는 우리에게 자연스러운 반응이다. 그러나 자연스러운 것이 언제나 합리적인 것은 아니다. 해방을 맞은 지 반세기가 지났고 우리 사회가 모든 면들에서 크게 발전한 지금, 우리는 일본과 일본적인 것들을 좀더 차분하고 느긋하게 대해야 할 것이다.

좀 객관적인 마음으로 살피면, 우리는 일상에서 쓰이는 일본말들 가운데엔 좋은 말들이 많음을 깨닫게 된다. 쓰리, 네다바이, 나와바리, 와이로, 히야카시와 같은 말들은 좋은 예이다. 도시화가 일찍부터 이루어진 일본에서 나와서, 그것들엔 '조오닌(町人) 문화'를 이루어낸 일본 도시 서민들의 체취가 스몄다. 버스에서 내리고서야 옷이나 가방이 찢긴 것을 발견한 사람들 가운데 '소매치기 당했다'고 하는 사람이 몇이나 될까? 예리한 칼로 찢고서 감쪽같이 훔쳐가는 짓엔 아무래도 '쓰리'가 어울린다. 소매 속에 물건을 넣고 다니는 세상도 아니고 날치기나 박치기와는 전혀 다른 행위를 그리는 데는 '치기'란 말이 맞지 않는다.

그런 일본말들이 우리 언어에서 나름의 역할을 하고 있다는 사실도 눈여겨볼 일이다. 네다바이나 나와바리와 같은 말들은 도시화가 진행된 사회에서야 나오므로, 도시화가 아주 늦었던 우리 사회엔 상응하는 말들이 없었다. 그래서 우리 사회에서도 도시화가 진행되자, 그것들은 쓸모가 큰 말들로 자리잡았다. 상응어가 있는 경우에도, 역할의 분담을 통해 우리 언어 생활을 편리하게 했다. 그 동안 국어 순화 운동의 표적이었던 '사라'는 좋은 예다. 지금 우리의 삶에서 사라는 접시와 완전한 동의어는 아니다. 사라는 큰 접시를 뜻한다. 그래서 그 말을 몰아내면, 다른 말이 그 자리를 대신해야 한다. 그리고 그 일에 따르는 사회적 비용은 언뜻 보기보다 크다.

반세기 동안의 박해에서 살아남음으로써, 그런 말들은 자신들의 됨됨이와 쓸모를 충분히 증명한 셈이다. 이제 그런 말들에게 우리 언어의 한 부분이 될 자격을 허여하는 것이 온당하지 않을까?

V

일반적으로, 이미 쓰이는 말들을 어떤 이유에서든 몰아내려는 시도는 위에서 살핀 현실적 문제들말고도 철학적 문제를 안고 있다. 언어는 많은 사람들이 쓰는 체계로 그들 모두에 의해 끊임없이 다듬어진다. 따라서 어떤 말들을 억지로 몰아내려는 시도는 누구의 판단을 근거로 삼느냐 하는 문제에 부딪힌다.

그런 결정은 대개 '풍속의 감시자'로 자처하는 집단이 내린다. 이 경우엔 언어에 관한 전문가들로 여겨지는 문법학자들과 관리들이 내린다. 그러나 말들을 골라 쓰는 일은 본질적으로 개인들에게 맡겨질 일이다. 개인들만이 판단에 필요한 정보들을 지녔기 때문이다. 언어가 의사 소통의 도구이므로, 말들을 고르는 데서 일차적 중요성을 지닌 것은 그것들이 의사 소통에서 보이는 효율이고 그런 효율은 의사 소통에 참여한 사람들의 판단으로 측정된다. 더구나 '외부 효과'도 아주 작아서, 사회의 간섭이 필요하지 않다.

그렇게 비전문가들인 일반 시민들에게 전적으로 맡기면, 언어가 거칠어지지 않겠느냐는 걱정이 나올 것이다. 그러나 언어가 상대를 상정한 도구라는 사실이 그런 위험의 크기를 최소한으로 줄인다. 언어는 혼자 알아선 쓸모가 없다. 국제어에서 잘 드러나듯, 언어는 많은 사람들이 알고 써야 제 몫을 한다. 따라서 또렷하고 편하고 우아한 말들이 널리 쓰이게 만드는 힘이 늘 작용한다. '날틀'이니 '안웅근이름씨'니 하는 말들을 생각해낸 것은 시민들이 아니다. 언어는 그 점에서 시장과 같다. 개인들의 선택을 바탕으로 삼은 시장 경제 체제가 득세한 구조적 요인들이 언어에서도 그대로 작용하는 것이다. 서민들이 쓰는 말들을 바탕으로 씌어진 문학 작품들이 거의 언제나 활기찬 까닭도 바로 거기에 있다.

VI

이렇게 보면, 일반 시민들이 쓰는 말들을 존중하는 태도가 철학적으로나 현실적으로나 합리적임이 드러난다. 말들의 쓰임새에 관한 논의에서 늘 나오는 '쓰임은 궁극

우리 언어를 합리적으로 다듬는 길

적 근거다'라는 격언은 그런 태도를 멋지게 표현한다.

이런 태도를 가장 또렷이 지닌 언어권은 영어를 쓰는 사회들이다. 영어의 문법은 아주 느슨하고 어휘는 다양한 어원들에서 나왔다. 그러나 영어를 순화하자는 소리는 거의 들리지 않는다.

영국이나 미국이라고 '풍속의 감시자'들이 없지야 않지만, 실은 『왕의 영어*The King's English*』와 『현대 영어 용법*Modern English Usage*』을 지은 파울러Fowler 형제처럼 영어를 좀더 합리적이고 우아하게 만드는 일에 진력한 사람들도 드물지 않지만, 지금 영어권의 지식인들은 사람들이 실제로 쓴다는 사실을 아주 높이 여긴다. 그래서 혼란을 불러오는 관행들이나 명백한 모순들까지 너그럽게 받아들여진다.

시사 문제에 자주 쓰이는 'sanction'이란 말은 이런 사정을 잘 보여준다. 이 말은 '성스럽게 하다'는 뜻을 지닌 라틴어 말에서 유래해서 '강요'나 '허가'의 뜻을 지녔다. 그러나 여러 가지 경우에 쓰이게 되면서, 어느 사이엔가 '금지'라는 뜻도 지니게 되었다. 그래서 문맥을 잘 살피기 전엔, 그 말이 어떤 일을 허가하는 것인지 금지하는 것인지 알 도리가 없다. 서울 올림픽 때 흑인 영어*Black English*에선 'bad'가 'good'의 뜻으로 쓰인다는 사실 때문에 한때 우리 시민들과 미국 방송 요원들 사이에 오해가 생겼던 일도 있었다.

그래도 영어권의 지식인들은 태연하다. 그런 태도에도 불구하고, 어쩌면 그런 태도에 적잖은 힘을 입어, 영어는 번성해왔고 이미 국제어의 자리를 굳혔다.

VII

위에서 살핀 것처럼, 언어를 다듬는 일은 그것을 쓰는 사람들에게 맡기는 것이 합리적이다. 다른 일들에서와 마찬가지로, 언어에서도 시민들은 '풍속의 감시자'로 나선 사람들에게, 그들이 관리들이든 문법 학자들이든, 경계의 눈초리를 보내고 그들의 주장을 정당화하라고 요구해야 한다.

만일 우리 언어를 감시하는 장치가 필요하다고 우리 사회가 판단하면, 그런 장치는 외래어가 우리 언어로 도입되는 과정에 겨냥되어야 할 것이다. 한번 들어와 자리 잡으면, 외래어들을 몰아내려는 일은 비용이 너무 많이 들고, 자칫하면, 우리 언어를 아름답게 다듬기보다는 빈약하게 만든다. 외래어의 가치와 자격을 심사하는 기준들은 물론 효용이나 생김새와 같은 조건들이어야 한다. 거듭 강조하지만, 국적은 기준이 될 수 없다. 우리가 원숙한 사회를 지향하는 한.

135

우리 언어를 합리적으로 다듬는 길

영어를 합리적으로 배우는 길

I

해방 뒤 줄곧 우리 시민들이 갖기를 열망했던 것들 가운데 하나는 영어를 잘하는 능력이었다. 어린 학생들이 미군 부대 안에서 영어 회화 교육을 받았다는 소식은 그 사실을 아프게 일깨워준다.

그런 과외 수업이 법에 어긋나고, 수업료는 비싼데, 선생들이 한국어를 몰라서 교육 효과가 거의 없다는 사정은 안타깝다. 더구나 "엄마가 아무나 미군 부대에 들어갈 수 있는 게 아니라고 했어요"라는 아이의 설명은 다치기 쉬운 우리의 민족주의적 감성을 건드려서, 어떤 신문엔 "미군 영내를 출입하는 것이 마치 상류층행 보증 수표인 것처럼 생각하고 있는 일부 얼빠진 졸부"란 표현까지 나왔다.

뭐 새로운 일은 아니다. 단 십 년 전만 해도, 서울에선 미군 부대 출입증을 자동차 앞유리에 붙이고 다녀야 대접받았으니. 자신이 고생했거나 부모들의 고생을 바라본 세대인지라, 우리는 자식 사랑에서 흔히 절제하지 못한다. 그래서 나는 자식들에게 그런 과외 수업을 받도록 한, 아마도 30대 후반이나 40대 전반일 여인들을 몰아세울 마음은 나지 않는다.

그러나 여기서 실질적 문제인 영어를 배우는 방법은 진지하게 짚어보아야 할 것이다. 아이들을 그런 과외 수업에 보낸다는 것은, 설령 그 미국인 선생들이 자격을 지닌 사람들이라 하더라도, 현명한 선택이라고 보기 어렵기 때문이다.

Ⅱ

우리 시민들이 영어를 배우려는 까닭은 대체로 둘이다. 하나는 영어를 모국어로 가진 사람들이 많고 그들은 대부분 강대국들의 시민들이라는 사실이다. 그들을 상대하고 그들이 지닌 전통과 문화를 알려면, 당연히 영어를 알아야 한다.

또 하나는 영어가 실질적으로 국제어가 되었다는 사실이다. 영어가 이미 지닌 중요성과 권위는 물론 점점 커질 것이다.

그래서 영어를 배우는 것은 다른 주요 외국어들을 배우는 것과는 성격이 근본적으로 다르다. 프랑스어나 일

137

본어나 러시아어에 대한 지식이 없어도, 우리는 편하게 살 수 있다, 비록 아쉬워할 때도 있지만. 그러나 영어에 대한 최소한의 지식 없이는 누구도 편하게 살 수 없다. 영어를 쓰는 능력과 다른 언어들을 쓰는 능력 사이엔 맞바꾸기 *trade-off* 관계가 없다는 사실은 강조되어야 한다 (특히, 영어가 어렵다고 일본어를 대신 배우는 젊은이들은 이 사실을 곰곰 새겨야 할 것이다. 앞으로 영어를 모르면, 많은 경우에 실질적 문맹이 된다).

Ⅲ

위에서 살핀 사정은 영어를 합리적으로 배우는 길에 대해 많은 얘기들을 해준다. 이제 살펴야 할 것은 영어에 대한 지식이 실제로 어떤 경우에 쓰이느냐 하는 것이다.

먼저, 영어에 대한 지식은 영어로 된 글을 읽고 쓰는 데 쓰인다. 상품에 붙은 설명문에서부터 책에 이르기까지, 영어로 기록된 정보의 양은 엄청나다. 그래서 일상생활에서도 합리적으로 판단하는 데는 영어에 대한 지식이 필수적이다. 아울러 간단한 전문에서 복잡한 계약서에 이르기까지, 영어로 된 서류를 만드는 일이 점점 늘어나고 있다.

다음엔, 한국어를 모르는 사람들과 상대하는 데 쓰인

다. 우리 사회가 점점 더 많이 다른 사회들과 교섭하면서, 이 용도는 점점 더 커질 것이다.

셋째 쓸모는 위의 두 가지가 섞인 것이니, 영화나 음반처럼 문자가 아닌 매체들로 된 기록을 이용하는 것이다.

위의 세 가지 쓸모들을 살피면, 영어는 주로 글을 읽고 쓰는 데 쓰인다는 점이 이내 드러난다. 관광·무역·외교와 같은 특수한 직업들에 종사하는 사람들을 빼놓으면, 대부분의 시민들에게 외국인들과 어울리는 경우는 그리 흔하지 않다. 반면에 영어로 씌어진 글은 거의 매일 만나게 된다.

자연히, 영어를 배우는 일은 영어를 옳게 읽고 쓰는 것에서 시작되어야 한다. 실제로 그런 바탕 위에서만 제대로 말하고 들을 수 있다. 영어가 모국어인 사람들처럼 영어를 말하고 알아듣는 데 먼저 투자하는 것은 순서를 뒤바꾸는 일이다. 이런 주장은 생물적 사실에 의해 떠받쳐진다. 모든 사람들은 첫 언어를 배울 때와 다음 언어들을 배울 때 뇌의 다른 부분들을 이용한다. 이 사실은 언어에 관한 논의에서 근본적 중요성을 지닌다.

오래 전부터 영어 교육에서 말하기와 듣기의 중요성이 강조되었고 "영어를 십 년씩 배운 대학생들이 외국 사람들에게 간단한 말도 못 해서 쩔쩔맨다"는 식의 비난

영어를 합리적으로 배우는 길

이 많았다. 찬찬히 살펴보면, 그러나 잘못은 영어 교육에 있다기보다는 그런 비난에 있다. 평균적 대학생들을 영어 회화에 능하도록 만드는 것은 비용은 많이 들면서도 효과는 적으므로, 정당화되기 어려운 투자다. 문제가 큰 것도 아니다. 외국인이 찾아온다고 하자, 영어 선생들이 모두 도망쳤다는 서글픈 우스개는 흔히 들리지만, 그때 '불행하게도 징발된' 영어 선생이 처음의 수줍음과 두려움을 견뎌내면 그런대로 통역 노릇을 한다는 사실은 거의 알려지지 않았다.

IV

읽고 쓰기가 중요하고 말하기와 듣기는 언뜻 보기보다 덜 중요하다는 사실은, 외국인들과 실제로 만나서 하는 일들을 생각하면, 더욱 또렷해진다. 처음 만나면, 물론 회화 실력과 서양 사람들의 관습에 대한 지식이 중요한 몫을 맡는다. 이 단계가 다른 사람들에게 보이는 부분이며 바로 그 사실이 회화가 아주 중요하다는 인식을 퍼뜨리는 데 큰 몫을 했다.

다음은 실질적 일이 이루어지는 단계다. 여기선 전문적 지식이 중심적 역할을 하고, 당사자들이 잘 아는 전문 용어들이 주로 쓰이므로, 회화 실력은 별다른 중요성을 지니지 못한다. 주목할 것은 이 단계에선 정확한 문법을 중심으로 한 전통적 영어 공부가 결정적으로 중요하다는 사실이다. 모든 협상은 궁극적으로 계약서의 모습을 갖추므로, 축조적 자구 수정 단계를 거치게 마련이다. 그때 최종적 결정은 흔히 가장 지위가 높은 사람이 아니라 제안된 낱말들이나 표현들 가운데 적절한 것들을 고를 수 있을 만큼 영어 실력이 좋은 사람에 의해 내려진다.

다음엔 음식점이나 관광지에서 어울리게 되는 단계가 나온다. 이 단계에선 여러 가지 사물들에 대한 지식이 무엇보다도 중요하다. 외국 사람들을 접대해본 사람들이 모두 절감하는 것은 적절한 화제를 마련하는 일의 어려움이다. 날씨와 건강에 대한 의례적인 얘기가 끝나면, 당장 화제가 궁해진다. 그럴 때 좋은 화제는 많은 책들을, 특히 영어 책들을, 읽은 사람만이 내놓을 수 있다. 이 문제에 대해선 회화 실력은 아무런 도움이 되지 않는다. 물론 미리 상대방의 사회에 대해 공부해서 화제를 마련하는 일이 도움이 되긴 한다. 그러나 여기서도 쓰이는 것은 회화 실력이 아니라 영어를 올바로 읽을 수 있는 실력이다.

아나운서가 아닌 다음에야, 남의 말을 잘 알아듣고 자기 뜻을 잘 나타내는 것만으로 다른 사람들로부터 높은 평가를 받기는 어렵다. 외국 사람들과 사귀고 거래를 하

영어를 합리적으로 배우는 길

는 데서도 마찬가지다.

V

회화 교육이 아주 쉬워진 지금, 말하기와 듣기에 강세가 주어지는 것은 자연스럽다. 그러나 그런 사정이 읽기와 쓰기가 기본이란 사실을 바꾸는 것은 아니다. 영어는 말할 것도 없고 국어에 대한 기초 지식도 제대로 갖추지 못한 유치원이나 초등학교 학생들에게 영어 회화를 가르치는 것은 합리적 투자가 아니다.

그리고 대부분의 시민들에겐 영어가 모국어인 사람들처럼 말하고 듣는 것이 회화 공부의 목표일 수도 없다. 몇 해 전 어느 주간지가 동양의 정치 지도자들 가운데 국제 무대에서 비교적 활발하게 움직였던 나카소네 일본 수상에 대해 "유창하나 발음이 좀 어색한 영어*fluent but accented English*"를 쓴다고 평했다. 내 생각엔 그것이 영어가 모국어가 아닌 정치 지도자가 들을 수 있는 가장 멋진 찬사다. '영어가 모국어인 사람들과 똑같은 영어'라는 찬사보다 오히려 큰 칭찬으로 들린다. 생각해보면, 영어가 모국어가 아닌 사람들 모두에게 그렇다.

통일을 위한 진정한 준비

I

지난달 중국 연변에서 남북한과 중국의 학자들이 모여 '남북 컴퓨터 자판 통일 권고안'을 만들어서 주목을 받았다. 이제 그것의 내용이 제대로 밝혀지면서, 비판이 나오고 있다. 남북한 사람들이 한자리에 모여 통일을 준비하는 것은 바람직하고 그런 모임에서 타협안을 끌어낸 것은 흐뭇하지만, 이번 안은 북한에 너무 유리하게 만들어졌다는 얘기다.

이 일에서 흥미로운 것은 '권고안'을 만든 사람들이나 그것을 비판한 사람들이나 근본적으로 생각이 같다는 사실이다. 그들은 이번 일처럼 남북한 사람들이 모여 서로 달라진 부분들을 줄이려는 노력이 바람직하다고 여긴다. 특히 남한 말과 북한 말이 점차 서로 달라지는 현상을 걱정하고 대책을 마련하는 일은 시급하다고 여긴다. 실은 그런 주장이 우리 사회에서 주류를 이룬다. 그

143

런 주장은 과연 합리적인가?

II

정부의 개입이 없는 시장에서 어떤 기술적 표준을 세우는 길은 둘이다. 하나는 기업들이 협상해서 표준을 세우는 길이고 다른 하나는 한 기업의 표준이 아주 우세해서 다른 기업들이 그것을 채택하는 길이다. 이상적 세상에선 아마도 전자가 나을 것이다. 아쉽게도, 우리는 아주 불완전한 세상에 살아서, 기술적 표준은 대부분 후자를 따른다. 경쟁을 통해서 어떤 기업의 제품이 많은 고객을 확보하면, 그 기업의 표준을 따르는 것이 다른 기업들에게도 유리하게 되므로, 자연스럽게 표준이 나오는 것이다. 경제학자들이 '망 경제 *network economies*'라고 부르는 이 현상은 전산 산업에서 여러 번 나와서 우리에게 익숙하다. 하드웨어에서 'IBM 호환 기종'과 소프트웨어에서 'DOS/Windows'의 득세는 대표적이다.

이런 사정은 기업들이 자신들의 이해에 직접적 영향을 미치는 일에 관해 합의하기 어렵다는 사실로 쉽게 설명된다. 시장을 지배한 기업이 없었던 자동차 산업에선 한 세기가 지난 지금도 표준화가 덜 됐다. 전산 산업에선 거의 모든 분야들에서 '망 경제'를 누리는 기업들이 나왔다. 그래서 지금 전산기는 자동차에 비기면 놀랄 만

144

큼 표준화가 잘되어 있다.

협상이 아니라 경쟁을 통해서 표준이 정해지는 현상은 생각보다는 훨씬 일반적이다. 국가들의 통합에서 이 점이 잘 드러난다. 국가는 어떤 차원에선 기본적 표준들의 집합이므로, 국가들의 통합은 새로운 표준들을 세우는 일을 포함한다. 그러나 국가들의 통합이 협상을 통해서 이루어진 적은 거의 없다. 무력에 의해서든 자체의 모순 때문이든, 한쪽이 무너져서 다른 쪽에 합병되곤 했다. 그리고 그렇게 이긴 쪽의 표준들이 새로운 표준들로 자리잡았다.

생각해보면, 그런 사정은 바람직하다. 협상이 성공하려면, 정치적 타협을 거쳐야 하는데, 정치적 타협은 필연적으로 양쪽에서 내놓은 안들보다 못한 안을 낳게 마련이다. 그래서 협상을 통해서 나온 표준들은 언제나 비효율적이고 흔히 모순들을 포함한다. 정치적 타협을 통해서 마련되기 때문에, 궁극적 표준인 법은 늘 불완전하고 비효율적이다.

이렇게 보면, 남북한의 서로 다른 표준들을 협상을 통

해 하나로 만들려는 노력은 좋게 말해서 한가롭다. 북한이 무너질 가능성이 점점 커지는 지금엔 특히 그렇다. 북한이 무너지면, 거의 모든 분야들에서 남한의 표준들이 통일 국가의 표준들이 될 것이다. 언어에서부터 공산품 규격을 거쳐 전산기 자판에 이르기까지. 남한의 비중이 훨씬 크다는 점만이 아니라 남한의 문물이 훨씬 발전했다는 점도 작용할 것이다. 그렇지 않은 경우들도 물론 있겠지만, 어느 것들이 그런 경우냐 판단하는 것은 정부도 전문가 집단들도 아니고 시장이라고 불리는 시민들의 판단이다.

통일을 이룬 독일의 경험에서 얻어진 가장 중요한 교훈은 통일을 위해 미리 할 수 있는 일들은 적고 작다는 점이다. 실제로 지금 우리가 통일을 위해 할 수 있는 일들 가운데 가장 깊은 뜻을 지닌 것은 우리 사회의 경제적 풍요를 늘리는 것이다. 독일의 경험은 통일의 성공을 보장하는 것은 경제력임을 생생하게 보여주었다.

물론 그 밖에도 미리 생각해둘 것들이 있다: 구조와 원리가 다른 경제 체제들의 통합에서 생기는 문제들; 월남한 사람들이 두고 온 재산에 대한 소유권; 북한 권력 체제의, 특히 북한군의 해체 작업; 새로운 학교 교과 과정; 쓸모가 없게 된 지식들을 가르쳐온 북한의 교육자들의 대우; 인류에 대한 범죄를 저지른 북한 지도부를 재판에 회부하는 일 따위. 그러나 그런 일들도 미리 생각해두기는 어렵다. 너무 복잡해서 해답이 없는 경우가 많고 현실적으로 시민들의 지속적 관심을 끌기도 어렵다.

IV

따라서 통일에 대비한다는 명분 아래 남북한의 표준들을, 법률 체계든 언어든, 협상을 통해서 미리 차이를 줄이거나 통합하려는 노력은 찬성하기 어렵다. 그런 노력은 자원을 낭비할 뿐 아니라 자연스러운 진화를 통해 보다 나은 표준들이 나오는 것을 막는다.

지금 전산 산업에선 표준들이 기술 발전을 막는다고 걱정하는 목소리들이 점점 높아지고 있다. 표준을 세우는 데는 엄청난 비용이 드는데, 기술 발전이 워낙 빠르므로, 그런 표준은 몇 해 가지 못해서 낡는다. 자연히, 낡은 표준을 버리기도 새로운 표준을 세우기도 어려워서, 표준이 새로운 기술의 등장을 막는다.

그렇지 않아도, 정부와 국제 기구들의 규제가 사회 발전을 막는다고 어느 사회에서나 비명이 나오는 판이다. 정부와 국제 기구의 규제에다 '남북한 합의 사항'처럼 정치적 흥정에 좌우되고 고치기 어려운 규제까지 얹는 것은 우리 사회에 근본적으로 해롭다. 그런 해로움을 생각하면, 이번 자판 통일안이 북한 쪽에 유리하게 결정되

통일을 위한 진정한 준비

어서 문제라는 주장 자체가 문제다.

　지금 우리 사회에서 통일은 가장 높은 가치로 여겨져서, 통일을 위한다는 명분을 내건 주장들과 행동들엔 신성함의 후광이 어린다. 그래서 이번 일처럼 비합리적인 일들까지 칭찬받는다. 이제 우리는 말끝마다 통일을 올리기보다는 우리 사회를 보다 살기 좋게 만드는 데 힘써야 할 것이다. 그렇게 해야, 실제로 통일의 기회가 왔을 때, 그것을 제대로 잡을 수 있다. 통일에 관해서 확실한 것이 있다면, 그것은 통일이 열심히 돈을 버느라 통일이란 말을 좀처럼 입에 올리지 않은 사람들의 힘으로 이루어지리라는 것이다.

글쓰기의 미래

글쓰기는 어떤 사람이 자신의 지식을 다른 사람들에게 물리적 매체를 통해 전달할 목적으로 언어 매체를 써서 조직하는 것이다. 이렇게 정의되었을 때, 글쓰기는 다음 원소들로 이루어진다. 1) 저자, 2) 독자, 3) 지식, 4) 언어 매체, 5) 물리적 매체.

그런 원소들의 성격에 큰 영향을 미치는 요소들은 아래와 같다.

1) 저자: 공식 교육, 정보의 생산·유통·소비를 위한 사회적 기구의 성격(정치적 풍토, 경제 체제, 개인들의 선택에 대한 사회적 간섭의 종류와 정도 따위).

2) 독자: 소득 수준, 공식 교육/문자 해독, 다른 형태로 조직된 지식의 이용 가능성.

3) 지식: 축적된 양과 증가 속도, 획득 비용, 사회적

분산의 정도와 사회적 취합 비용의 크기, 전문가들과 대중 사이의 거리.

4) 언어 매체: 민족 언어의 성격, 국제어의 존재 여부, 지식 전달에서 언어 매체가 차지하는 몫.

5) 물리적 매체: 출판 문화의 수준, 대체 매체들의 존재, 대체 매체들의 효율성.

II

위에서 든 요소들에서 근년에 나타난 변화들 가운데 글쓰기의 미래에 대해 뜻을 지닌 추세들은 아래와 같다.

1) 시민들의 지식 수준의 전반적 향상: 공식 교육의 확대와 대중 매체들을 통한 비공식 교육의 심화는 대부분의 사회들에서 시민들의 지식 수준을 크게 높였고 독자들과 저자들을 크게 늘렸다. 사회의 발전 및 소득의 꾸준한 향상과 겹쳐, 이런 추세는 글에 대한 절대적 수요와 공급을 늘릴 것이다.

2) 지식의 빠른 증가: 이미 축적된 지식의 방대함, 지식의 증가 속도의 가속화, 거기에 따른 지식의 빠른 노후화, 그리고 학문의 세분화는 여러 가지 형태로 사회에 영향을 미친다. 그런 영향들 가운데 이번 논의에서 특히 큰 뜻을 지닌 것은 전문가들과 일반 시민들 사이에 존재

하는 틈이 점점 벌어진다는 것과 그런 틈을 메워주는 대중화 *popularization* 와 대중화 저자 *popularizer* 의 역할이 점점 중요해지리라는 것이다.

3) 정보 비용의 빠른 감소: 이 추세는 현대 사회를 가장 근본적 차원에서 바꾸고 있다. 정보의 수집·처리·전파에서 끊임없이 나오는 혁신들과 정보의 흐름을 막는 물리적·사회적 장벽들의 붕괴는 정보 비용을 아주 빠르게 낮추었고, 유행의 전지구적 동시화에서 전체주의 체제의 몰락에 이르기까지, 그런 사정은 사회적 변화에 큰 영향을 미치고 있다. 특히 중요한 현상은 시장 경제 체제의 확산이다. 시장은 본질적으로 정보 처리 기구며 지금까지 사람들이 일부러 만들어낸 어떤 제도들보다 효율적으로 움직인다. 앞으로 이런 추세는, 더욱 깊어지지 않는다면, 적어도 이어질 것이고 지식의 조작에 드는 비용을 점점 낮춰서 점점 더 많은 사람들을 지식인으로 만들 것이다.

4) 지식 전달 형식에서의 혁신: 정보를 전달하는 방법들 가운데 가장 효율적인 것은 전자기파를 이용하는 것이다. 정보를 종이에 인쇄하거나 필름에 담아 보내는 것은 아주 비효율적이다. 그리고 만화의 인기가 일찍부터 가리켰고 텔레비전의 큰 성공이 일깨운 것처럼, 화상은 개념들만을 쓴 글보다 훨씬 효율적으로 정보를 전달한

다. 물론 경제의 논리는 정보와 지식의 전달에서 보다 효율적인 매체들을 끊임없이 만들어낼 것이다. 그런 사정들은 필연적으로 인쇄 매체를 통해서 언어 매체로 지식을 전달하는 방식의 상대적 쇠락을 불러온다.

5) 국제어의 등장: 모든 사회들이 하나의 지구 문명으로 통합되면, 모든 사회들에서 공식 언어로 쓰일 국제어가 나오게 될 것이다. 한 문명권에서 여러 언어들을 쓰는 데 따르는 정치적·경제적·사회적 비용은 너무 크다. 어느 곳에서나 민족주의는 큰 세력이므로, 당분간 국제어의 정착은 더딜 터이지만, 장기적으론 경제의 논리를 거스르기 어려울 것이다. 물론 민족 언어들이 아주 없어지는 것은 아니다. 그것들은 차츰 대중들의 삶에서 떨어져서 일부 학자들이나 작가들에 의해 보존되는 '박물관 언어'들이 될 것이다. 현재 국제어가 될 가능성이 가장 높은 것은 영어다.

Ⅲ

그런 추세들이 불러올 미래의 글쓰기에선 아래와 같은 특질들이 두드러질 것이다.

1) 저자: 글쓰기에 종사하는 사람들이 크게 늘어날 것이다. 그런 상태는 다른 요인들과 겹쳐서 직업적 저자와

수시적·취미적 저자 사이의 구별을 흐릿하게 할 것이다. 진입이 비교적 쉬운 시와 수필에선 이미 그런 구별이 거의 없어졌다. 아울러 저자와 독자들이 지금보다 훨씬 밀접하게 상호 작용을 할 것이다.

언어 매체: 거의 모든 저자들은 국제어로, 아마도 영어로, 글을 쓸 것이다. 소수의 저자들은, 특히 작가들은, 민족어로 글을 쓰겠지만, 그들의 영향은 점점 작아질 것이다. 대중의 삶에서 멀어진 '박물관 언어'들이 된 민족어들은 사회의 진화에 맞추어 진화하지 못하고 이전에 기록되고 녹음된 상태로 보존될 것이다. 이런 사정은 세계를 하나의 지식 시장으로 만들 것이고 사회들의 문화적 통합을 촉진할 것이다.

3) 물리적 매체: 도서관을 포함한 전산망이 정보와 지식을 전달하고 보관하는 매체로 보편화될 것이다. 이것은 새로 발표되는 글들이 모두 전산망에 담기고 우리가 아는 출판은 사라진다는 것을 뜻한다. 출판사들은 아마도 저작권·광고 전략·세금과 같은 문제들에 관해서 저자들에게 조언해주거나 대행해주는 기업들로 바뀔 것이다. 한편 전산망을 이용한 출판은 보관과 접근이 쉬우므로, 글의 수명을 크게 늘릴 것이다. 그런 사정은 오래된 글들과 새로운 글들 사이의 관계를 상당히 바꾸어놓을 것이다.

글쓰기의 미래

4) 글쓰기의 내용: 저자와 독자의 수가 많아지고 출판과 보관이 쉬워지면, 독서 시장은 완전 경쟁 시장에 좀 더 가까워질 것이다. 그런 시장에선 소비자들의 선택이, 즉 독자들의 판단이, 지금보다 훨씬 큰 무게를 지닐 것이다. 자연히, 출판사에서 상업적 고려는 압도적 무게를 지닐 것이다. 이런 사정은 정통적 글들을 고급 독자들이라는 틈새 시장 *niche market*을 겨냥한 상품들로 만들고 평론가들이 전통적으로 맡아온 '취향의 심판자 *arbiter elegantiarum*'의 중요성을 크게 줄일 것이다; 따라서 글들의 무게중심이 오락적 기능이 강조된 대중적 글들로 크게 옮겨갈 것이다.

IV

그런 상태에서 문학은 어떤 모습을 할 것인가? 문학이 언어 매체에 가장 크게 의존하는 지식 형태이므로, 그것에 일어난 변화들은 특히 크고 흥미로울 것이다.

먼저, 작가들과 그들의 작품들이 지닌 사회적 영향력이 크게 줄어들었을 것이다. 그런 현상은 실은 꽤 오래 전부터 나타났으니, 우리 사회가 개항한 뒤 가장 큰 영향력을 지녔던 지식인이 이광수였다는 사실을 생각하면, 이 점이 이내 이해될 수 있을 것이다. 지금 어떤 작가가 20세기 전반에서 이광수가 차지했던 것과 비슷한 사회적 영향력을 갖기를 바랄 수 있겠는가? 매슈 아놀드나 루쉰이나 사르트르와 같은 영향력을 21세기 작가들이 지닐 수는 없을 것이다.

현대에서 사람들은 점점 철학자들이나 작가들보다는 사회과학자들에게, 그리고 사회과학자들보다는 자연과학자들에게 귀를 기울인다. 현대에서 어떤 사회과학자나 역사가가, 작가들은 그만두고라도, 아인슈타인이 받은 것과 비슷한 존경을 받았는가?(이 점은 현재 작가들 가운데 가장 큰 사회적 영향을 지닌 이들은 과학소설가들이라는 사실에서도 잘 드러난다. 아이작 아시모프, 아서 클라크, 또는 프레드 호일과 같은 과학소설가들이 누리는 현인으로서의 명성과 영향력은 크고 세계적이다. 우리 사회의 독자들 가운데 솔 벨로나 노먼 메일러를 읽은 이들은 그리 많지 않을 터이지만, 대부분의 독자들은 아시모프의 글들을 한두 편 읽었을 것이다. 여기서 주목할 것은 그들이 지닌 명성과 영향력은 그들이 훌륭한 작가들이라는 사실보다는 그들이 훌륭한 자연과학자들로서 뛰어난 대중화 저자들이었다는 사실에 훨씬 크게 힘을 입었다. 과학소설 작가로서는 그들만큼이나 뛰어나나 대중화 저자로서 활동하지 않은 사람들은 일반 독자들에게 거의 알려지지 않았다).

물론 작가들이 지닌 영향력의 조락은 문학 작품들이 지닌 영향력의 조락과 동시에 나왔다. 문학 작품들의 기

능들에서 오락의 기능은 점점 커지고 지식이나 지혜의
원천으로서의 기능은 점점 줄어들었다. 그런 경향은 앞
으로 더욱 깊어질 것이다.

다음엔, 작가는 궁극적으로 다중지각 예술 형식들
*multisensory art forms*의 한 단위를 맡을 것이다. 근년에
나온 예술 형식에서의 혁신들은 거의 모두 지각 입력을
늘리는 방향으로 작용했다. 그리고 과학소설들이 자신
있게 예언하는 것처럼, 미래의 예술 형태에서의 주류는
사람의 모든 지각들을 자극하는 형식이 될 것이다. 냄새
까지 맡게 되는 영화를 만들려는 시도나 가상 현실의 개
발은 그런 방향으로 움직이는 힘이 꾸준히 작용한다는
것을 보여준다.

그런 상황에서 소설가는 지금 영화나 방송극에서 대
본 작가가 맡은 것과 비슷한 역할을 맡을 것이다. 이미
우리 사회에서 가장 큰 영향력을 지닌 작가들은 텔레비
전 연속극 작가들이라는 주장을 펼 수도 있는 상황이 되
었다. 미국에선 꽤 오래 전부터 많은 소설가들이 영화로
만들어질 가능성을 고려하면서 글을 써왔다. 시인은 노
래의 가사를 만드는 일에 힘을 쏟게 될 것이고(만일 우리
시대에서 가장 큰 영향력을 지녔던 시인들로 피트 시거나 밥
딜런을 든다면? 앞으로 "밥 딜런의 노래는 분명히 천재적인
것이다. 그러나 그것은 시는 아니다"라는 식의 반응은 점점

설득력을 잃을 것이다) 평론가는 그런 예술 작품들의 비평자 *critic* 라기보다는 소개자 *reviewer*가 될 것이다(이미 우리 사회에서 문학 평론가들의 기능들 가운데 사회적으로 가장 중요한 것은 신문이나 잡지에 '월평'이란 이름으로 실리는 글들의 생산이 되었다. 문학 평론가들이 영화 평론가들처럼 그 달에 나온 문학 작품들에 대한 자신의 평가를 별의 수로 나타내서 대중들의 선택을 돕는 상태가 나올까? 나온다면, 언제쯤일까?).

셋째, 거의 모든 작가들이 국제어로 글을 쓸 것이므로, 전세계가 하나의 문학 시장이 될 것이다. 아울러 민족문학의 개념이 크게 바뀔 것이다(어쩌면 민족문학이란 개념 자체가 '지역 문학'으로 바뀔지도 모른다). 그런 사정은 물론 문학 작품들의 생산·유통·평가·소비에 아주 큰 변화를 불러올 것이다.

넷째, 문학의 '세속화'가 아주 뚜렷해질 것이다. 지금까지 문학에 대한 정통적 견해는 본질적으로 권위주의적이고 전체주의적이었다. 거의 모든 작가들과 평론가들은 대중의 판단이 문학이라는 성소를 지키는 사제들의 자리에 스스로를 임명한 소수의 전문가들의 그것보다 열등하다는 권위주의적 견해와 사회에 대한 공헌이라는 추상적 가치가 소비자들의 개인적 욕구를 충족시킨다는 구체적 가치보다 중요하다고 여기는 전체주의적

견해를 함께 지녀왔다. 그런 태도의 적절성에 대한 판단
을 떠나서, 앞으로는 문학 작품들의 평가에서 소비자들
의 선택이 좀더 중요시되는 민주주의적 · 자유주의적 풍
토가 나올 것이다.

국제어에 호의적인 도시

제3차 '아시아·유럽 정상 회의'(ASEM)를 한국에서 연다는 결정이 나오자, 여러 도시들이 그 회의를 열겠다고 나섰다. 그래서 요즈음 '컨벤션 시티'라는 말이 자주 들린다. 아쉽게도, 그 도시들은 회의 시설을 실제로 갖추고서 그 회의를 유치하려는 것이 아니라, 이제부터 짓겠다고 나선 것이다. 지금 우리 나라엔 ASEM처럼 큰 국제회의를 열 만한 시설을 갖춘 도시가 없다. 서울도 예외가 아니다. 경제 규모가 열두번째로 큰 나라의 수도인지라, 서울은 여러모로 중요한 도시이지만, 딱하게도, 서울을 국제 도시라고 부르기는 어렵다. 크기나 중요성에서 비슷한 도시들과 비겨보면, 서울엔 국제 도시의 특질이 아주 약하다.

얼마 전에 나는 그 사실을 외국 주간지의 조그만 도표에서 새삼 깨달았다. 발전도상국 도시들의 사무실 임대

료를 나타낸 그 도표엔 뭄바이에서 자카르타까지 임대료가 비싼 순서대로 21개의 도시들이 나와 있었는데, 뜻밖에도, 서울은 없었다. 다국적 회사들이 지사를 둘 곳을 고를 때, 사무실 임대료는 중요한 고려 사항이 된다. 따라서 서울이 그 도표에서 빠졌다는 사실은 서울에 진출한 다국적 기업들이 그리 많지 않다는 사정을 반영했을 터이다. 동아시아의 상업 중심지로서 이미 자리잡은 홍콩이나 싱가포르와 비길 수는 없을 터이고, 중국의 위상을 생각해서, 베이징과 상하이까지 그렇다 치더라도, 하노이와 호치민 시까지 들어간 도표에서 서울이 빠진 것은 씁쓸했다.

　서울이 그렇게 외면당하는 것은 결코 가벼운 일이 아니다. 어떤 도시에 다국적 기업들이 지사를 많이 둔다는 것은 당장 경제적으로 큰 혜택을 준다. 아울러 문화적으로나 사회적으로도 언뜻 보기보다는 훨씬 큰 혜택을 가져온다. 사람들의 접촉을 통해서만 제대로 전파되는 지식들이 적지 않으므로, 지구가 하나의 문명권으로 통합되어가는 지금, 그런 문화적·사회적 혜택은 점점 커진다. 그래서 다국적 기업들이 서울을 동아시아 영업 본부의 후보지로 여기지 않는 한, 우리 사회 위에 나부끼는 '세계화'라는 구호는 공허할 수밖에 없다.

서울을 다국적 기업들의 지사가 많이 자리잡고 국제 회의들이 많이 열리는 국제적 도시로 만들려면, 먼저 기반 시설들을 제대로 갖추어야 한다. 여기서 중요한 것은 이내 눈에 뜨이는 시설들이 아니다. 호텔과 회의장에서부터 도로와 통신 시설에 이르기까지, 당장 필요한 유형 시설들은 잘 알려졌고 마련하기도 비교적 쉽다. 덜 알려졌고 마련하기가 훨씬 어려운 것은 무형 시설들이다. 제대로 움직이는 금융 시장은 대표적 예다. 영국의 상대적 조락에도 불구하고 여전히 번창하는 런던을 생각하면, 이 점이 잘 드러난다. 공정하고 효율적이며 외국인들을 차별하지 않는 법 체계는 또 하나의 예다. 거의 저항할 수 없는 매력을 지닌 중국 시장에 외국 기업들이 선뜻 들어가기를 꺼리는 것이 바로 법 체계의 미비라는 사정은 이 점을 유창하게 말해준다.

또 하나 중요한 과제는 서울을 국제어에 호의적인 도시로 만드는 일이다. 본부 요원들과 현지 요원들 사이의 의사 소통이 어려운 것은 다국적 기업들에겐 심각한 문제다. 이제 영어가 국제어의 자리를 차지했으므로, 서울을 영어에 호의적인 도시로, 곧 영어를 아는 사람은 국적에 관계없이 별다른 불편 없이 살 수 있는 도시로, 만드는 것은 긴요하다. 실제로 다국적 기업들이 지역 본부를 둘 곳을 고를 때, 그곳에서 영어가 차지하는 위치는 흔히 결정적 고려 사항이 된다. 유럽 대륙에 진출한 다국적 기업들의 3분의 1이 조그만 네덜란드에 유럽 본부를 두고 있는데, 그런 사정엔 네덜란드가 유럽 대륙에서 영어에 가장 호의적이라는 점이 결정적으로 작용했다.

Ⅲ

지금 서울을 영어에 호의적인 도시라고 말하기는 어렵다. 거리의 안내 표지들만 보아도, 영어 안내는 드물고 작고 퉁명스럽다. 서울을 처음 찾은 외국인들의 처지에 서서, 과연 그들에게 필요한 정보는 무엇일까, 하고 생각한 자취는 없다. 영어 글자가 한글 글자에 비겨 너무 작은 것도 다시 생각할 일이다. 얼마 전에 정부에서 영어 글자를 좀 크게 하겠다고 선언했다. 그러나 합리적인 태도는 영어 글자와 한글 글자를 같은 크기로 하는 것이다. 영어를 읽는 사람들의 눈이 더 좋을 리야 없지 않겠는가.

서울이 영어에 호의적인 도시가 되려면, 이 땅에서 한글의 글자가 국제어의 글자보다 훨씬 큰 것이 당연하다는 생각이 바뀌어야 한다. 그런 생각은 우리 시민들이 영어를 배우는 데 막대한 투자를 한다는 사실과 묘한 대

조를 이룬다. 모국어도 제대로 모르는 어린아이들에게
영어를 모국어로 쓰는 강사들을 고용한 학원에 보내는
것에서부터 문서와 회의에 영어만을 쓰는 회사들에 이
르기까지, 우리 사회에서 영어는 아주 높은 대접을 받는
다. 이제 우리 사회가 영어에 대해 보이는 그렇게 모순
된 태도를 합리적으로 만들어야 할 것이다.

민족국가는 자기 언어만을 공용어로 써야 한다는 생
각은 18세기에 서양에서 나온 근대 민족주의의 한 부분
이다. 그런 생각은 이제 널리 그리고 깊이 퍼져서, 교통
안내 표지의 글자 크기에서까지 민족어를 높이고 국제
어를 낮추는 것이 자연스럽게 여겨진다. 그러나 민족어
를 높이는 것이 꼭 국제어를 홀대하는 것을 포함할 까닭
은 없다. 국경이 빠르게 낮아지고 성기어지는 지금엔 특
히 그렇고, 지나친 민족주의가 오히려 불리할 수도 있는
약소국에겐 더욱 그렇다. 우리가 지녀야 할 것은 인종이
나 국적이나 언어에 관계없이 모든 사람들이 잘살 수 있
는 사회를 지향하는 '열린' 민족주의지 전체주의적이거
나 배타적인 '닫힌' 민족주의가 아니다.

'컨벤션 시티'를 만드는 것은 몇 해 걸리지 않는다. 그
리고 그런 일을 하는 데는 우리도 이미 익숙해졌다. 그
러나 국제어에 호의적인 도시를 만드는 데는 아주 오래
걸린다. 다행히, 우리 시민들은 개인적으로는 모두 영어

국제어에 호의적인 도시

에 호의적이고 그것을 배우는 데 큰 투자를 하고 있다. 그런 개인적 투자를 사회적으로 수용하고 조정해서 좋은 결과를 낳는 것은, 지식인들이 좀더 냉정하고 정직하게 사태를 본다면, 그래서 거센 민족주의의 물결을 타려고 앞을 다투지만 않는다면, 그리 어렵지 않게 이룰 수 있을 것이다.

국제어에 대한 성찰

I

요즈음 우리 사회에서 영어의 중요성이 부쩍 커졌다. 나이와 직업을 가릴 것 없이, 거의 모든 사람들에게 영어를 제대로 쓸 수 있는 능력이 요청되고, 자연히, 영어 실력은 어느 사이엔가 우리 시민들에게도 생존에 거의 필수적인 기술이 되었다. 앞으로 그런 경향은 점점 깊어질 것으로 보인다.

영어의 그런 득세는 물론 영어가 국제어의 지위를 얻었다는 사정에서 나온다. 영어가 실질적으로 국제어의 자리를 차지한 지는 벌써 여러 해고 이제는 공식적으로도 국제어 대접을 받고 있다.

걱정스럽게도, 우리 사회에선 국제어가 나오는 과정과 국제어의 등장에 담긴 뜻들이 그리 잘 알려지지 않았고, 그렇게 중요한 변화에 대응하는 길에 대한 논의도 거의 없다. '세계화'라는 구호가 나부낀 지 오래지만, 우

165

리 사회에선 세계화에 가장 큰 어려움이 될 언어 문제에 대해서 얘기하는 사람이 드물다. 분명한 것은 영어가 우리의 모국어가 아니므로, 영어의 득세는 우리에게 특히 큰 영향을 미치리라는 점이다.

II

국제어의 등장은 근본적으로 언어가, 다른 정보 전달 수단들과 마찬가지로, 망 *network*을 이룬다는 사실에서 비롯한다. 사용자가 한 사람일 때, 정보 전달 수단은 별 가치가 없다. 예컨대, 한 사람만이 가진 전화기는 쓸모가 거의 없다. 사용자가 적어도 둘은 되어야, 비로소 쓸모가 생긴다. 사용자가 늘어날수록, 물론 그것의 가치는 빠르게 커진다. 그리고 거의 모든 사람들이 그것을 이용하게 되면, 전화망이 구성돼서 사회의 신경 조직 노릇을 하게 된다. 다른 정보 전달 수단들도 마찬가지다. 일반적으로, 어떤 정보 전달 수단의 가치는, 그것이 망을 이룰 때, 비로소 제대로 구현된다.

여기서 주목할 것은 정보 전달 수단의 가치는 그것의 사용자의 수보다 훨씬 빠르게 늘어난다는 점이다. 전화기나 텔레비전의 가치가 늘어난 과정을 살펴보면, 이 점이 이내 또렷해진다. 공동체에 전화나 텔레비전을 가진 사람들이 얼마 되지 않았을 때, 대부분의 사람들은 그것들 없이도 불편을 느끼지 않았다. 그러나 이제 누가 그것들 없이 살 수 있는가? 전화나 텔레비전이 없는 사람들은 그저 불편을 겪는 것이 아니라 삶에 필수적인 정보 회로에서 거의 배제되는 것이다.

그런 가치의 증가율은 놀랄 만큼 커서, '메트카프의 법칙 *Metcalfe's Law*'에 따르면, 사용자에 대한 효용으로 정의되는 망의 가치는 대체로 사용자 수의 제곱에 비례해서 늘어난다. 이 법칙은 전산 통신망에서 흔히 쓰이는 에더넷 표준 Ethernet Standard을 발명한 메트카프 Bob Metcalfe가 처음 주창했다. 미국 과학 평론가 조지 길더가 주장한 '정보 우주의 법칙 *law of telecosm*'에 따르면, 전산기의 가격 대비 성능은 망에 연결된 전산기 수의 제곱에 비례한다. 따라서, 비록 망의 가치가 꼭 사용자 수의 제곱에 비례해서 늘어나진 않는다 하더라도, 그것이 사용자 수보다 훨씬 빠르게 늘어난다는 것만은 분명하다.

언어는 그런 사정을 특히 또렷하게 보여준다. 아주 적은 사람들만이 쓸 때, 어떤 언어의 가치는 그리 크지 않다. 그러나 점점 많은 사람들이 쓰면서, 어떤 언어의 가치는 폭발적으로 늘어난다. 그리고 그것은 점점 정보 전달에 좋은 상태로 진화한다. 그래서 많은 사람들이 쓰는 언어는 사회를 가능하게 하고 문명의 기초가 된다.

국제어에 대한 성찰

여러 가지 언어들이 동시에 존재하므로, 실제 상황은 좀 복잡하다. 여러 언어들의 존재는 하나의 커다란 망 대신 작은 망들을 여럿 낳는다. 그래서 '메트카프의 법칙'이 가리키는 망의 이점이 제대로 실현되지 못한다. 그렇게 국제어가 없는 상태에서 나오는 손실은 무척 크므로, 여러 언어들 대신 국제어라는 표준을 세우려는 노력은 끊임없이 나온다. 그러나 그런 표준화의 이익이 모든 사람들에게 골고루 돌아가는 것은 아니니, 국제어로 선택된 언어를 쓰는 사람들은 아주 큰 이득을 본다. 자연히, 언어들은 표준의 자리를 놓고서 치열하게 경쟁한다.

그러면, 어떤 언어가 표준으로 선택되는가? 이 문제에서도 '메트카프의 법칙'은 좋은 지침이 된다. 어떤 망의 가치는 그것의 사용자 수의 제곱에 비례하므로, 다른 언어들보다 우세한 언어는 점점 더 우세해진다. 우세한 언어를 쓰는 것이 유리하므로, 점점 더 많은 사람들이 그것을 쓰게 되어, 호순환이 나온다.

일반적으로, 어떤 이유로 한번 표준으로 선택된 것은 다른 것들에 비해 대단히 유리한 자리를 차지하게 되어, 경제학자들이 '망 경제'라고 부르는 현상이 나온다. 따라서, 이미 표준의 자리를 차지한 것들은, 가장 나은 것이 아니더라도, 번창하게 마련이다.

고전적 예는 타자기의 자판이다. 'QWERTY 체계'라고 불리는 현행 자판은 원래 19세기 중엽에 타자봉들이 서로 얽히는 것을 줄이는 데 무게를 두고 설계되었다. 놀랍지 않게도, 그것은 배우기 어렵고 속도가 아주 느리다. 그래서 개량된 자판들이 여럿 나왔고 그것들의 우수성은 충분히 증명되었다. 그러나 모든 사람들이 이미 'QWERTY 체계'를 쓴다는 사정 때문에, 새로운 체계를 쓰는 사람들이 없어서, 개혁의 시도들은 번번이 실패했다.

기술이 점점 빠르게 발전하면서, 근년에는 그런 예들이 훨씬 자주 나왔다. 가장 잘 알려진 예는 전산기의 경우다. 소비자들은 모두 표준에 맞춰 만들어진 기계들과 운영 체계들을 찾았다. 그것들에 맞는 프로그램들이 많이 있을 터이고 다른 기계들과 잘 연결되리라는 생각에서. 그래서 표준에 맞춰진 기계들과 운영 체계들은 호순환의 덕을 입었다. 거의 보통명사가 된 IBM, Intel, Microsoft와 같은 회사 이름들은 이 점을 유창하게 말해 준다.

국제어에 대한 성찰

역사적으로 국제어들은 모두 제국의 출현에 힘을 입었다. 제국의 성립은 잠재적 망 경제의 크기를 갑자기 늘린다. 그리고 제국은 그런 잠재적 이익을 실현할 의욕과 힘을 갖춘 정치 체제다. 아람어·한문·그리스어·라틴어·아랍어 들은 제국의 성립에 힘입어 국제어가 된 대표적 언어들이다.

그러나 이미 존재하는 언어는 국제어로선 바람직하지 못한 특질들을 많이 지니게 마련이다. 그래서 근대엔 일부러 만든 국제어들이 많이 나왔다. 에스페란토어는 대표적이다. 아쉽게도, 그런 인공어 *artificial language* 들은 널리 쓰이지 못했다. 바로 망 경제 때문이다. 그래서 이미 상당한 기반을 가진 언어들 가운데 어떤 이유들로 임계 질량을 넘은 언어가 국제어의 자리를 차지하게 되었다. 현대엔 영국 중심의 평화 *Pax Britannica* 와 미국 중심의 평화 *Pax Americana* 덕분에 영어가 그런 임계 질량을 얻었다.

영어는 이제 망 경제의 이익을 제대로 누리기 시작했고 그런 이익은 점점 커질 것이다. 그런 사정을 보여주는 증거들은 많다. 아마도 가장 시사적인 것은 유럽에서 일반 중등 교육 과정의 학생들이 배우는 외국어 가운데 영어가 압도적 지위를 누린다는 사실일 것이다.

외국어를 배우는 학생들의 백분율(1991~1992)

	영어	프랑스어	독어
네덜란드	96(%)	65(%)	53(%)
독일	93	23	–
덴마크	92	8	58
스페인	92	10	0.3
프랑스	84	–	27
벨기에(플레미시)	68	98	22
벨기에(프랑스어)	58	1	6
이탈리아	61	33	3
포르투칼	55	25	0.4
영국	–	59	20
아일랜드	–	69	24

플레미시 사용자들과 프랑스어 사용자들이 비슷한 벨기에에서 플레미시 사용자들이 프랑스어를 영어보다 많이 배우는 경우를 빼놓으면, 영어의 압도적 우세는 이내 눈에 들어온다. 국제어의 자리를 놓고 영어에 대해 도전할 만한 언어들인 프랑스어와 독어의 고향인 유럽에서 영어가 그렇게 우세를 보인다는 사실은 흥미롭다.

국제어에 대한 성찰

아마도 더욱 큰 뜻을 지닌 것은 지금 거의 모든 중요한 지적 산물들은 영어로 씌어지거나 번역된다는 사실이다. 실제로, 지금 영어로 번역되기 전에는, 어떤 저작도 중요하다고 여겨지지 않는 실정이다. 근년에 인터넷이 나오면서, 이런 추세는 더욱 심화되었다. 현재 국제적 통신은 대부분 전산기들 사이에서 이루어지는데, 세계의 전산기들에 저장된 정보들의 80퍼센트는 영어로 저장되었다. 주목할 사실은 인터넷을 이용하는 정보들 가운데 70~80퍼센트만 영어로 되었지만 과학적 주제들은 거의 모두 영어로 되었다는 사실이다.

V

이런 영어의 득세로 다른 민족어를 쓰는 사회들은 어떤 영향들을 받을 것인가? 이것은 무척 중요하고 그만큼 논쟁적인 주제다. 분명한 것은 영어의 득세가 불러올 영향들이 무척 크리라는 점이다.

단기적으론 민족어들이 점점 깊이 영어에 침윤될 것이다. 지금 영어의 침윤에 효과적으로 대응하는 언어는 없다. 영어의 득세와 침윤에 가장 거세게 반발하고 국가적 대응책을 강구해온 프랑스조차 별다른 성과를 얻지 못하고 거의 포기한 상태다.

중기적으론 영어와 민족어가 공존해서 시민들이 둘을

함께 쓰는 상태bilingual가 나올 것이다. 이미 인도·필리핀, 그리고 싱가포르와 같은 나라들에선 그런 상태다.

궁극적으론 영어가 단 하나의 국제어로서 거의 모든 부면들에서 쓰일 것이다. 반면에, 민족어들은 점점 활력을 잃고서 차츰 사라질 것이다. 현존하는 3천 개 내지 6천 개 가량의 언어들 가운데 백 년 안에 반이 쇠멸하리라는 추산도 나왔다. 이것은 무척 대담한 예측처럼 보인다. 그러나, 국제어를 불러오는 사정들과 역사적 증거들을 살피면, 그것이 실은 너무 보수적인 예측일 가능성이 높다는 것이 드러난다. 현재의 추세가 지속된다면, 다섯 세대 안에 영어가 대부분의 사회들에서 공용어가 될 가능성은 무척 높다.

여기서 지적되어야 할 것은 이런 상태가 민족어들의 완전한 쇠멸을 뜻하는 것은 아니라는 점이다. 쉽게 사라지기엔 민족어들은 너무 큰 지적 자산들을 담고 있다. 그래서 민족어들은 대중들의 외면을 받지만 전문가들에 의해 사용되고 보존되고 계승될 것이다. 그런 상태에선 민족어들은 거의 진화하지 않고 옛 모습을 그대로 간직한 '박물관 언어'들로 남을 것이다.

VI

이런 예측은 언어의 습득과 사용에 관한 생물학적 사

실들에 의해 떠받쳐진다. 근년에 생물학과 심리학의 빠른 발전은 언어에 관한 종래의 생각들을 혁명적으로 바꾸어놓았다.

먼저 지적되어야 할 것은 사람들이 지닌 언어 능력은 특정한 언어에 매인 것이 아니라는 사실이다. 그래서 사람들은, 인종과 관계없이, 어떤 언어나 배워서 쓸 수 있다.

다음엔, 사람이 첫 언어를 배울 때 쓰는 뇌의 부분과 차후 언어들을 배울 때 쓰는 뇌의 부분은 다르다는 사실이 있다. 그래서 첫 언어로 배우는 것과 차후의 언어들을 배우는 것 사이엔 근본적 차이들이 있다. 사람들이 모국어는 아주 잘 쓰지만 커서 배운 외국어들을 쓰는 데는 근본적 한계를 지녔다는 사실은 모두 잘 안다. 각각 중학생과 초등학생인 아이들을 데리고 미국에 간 사람들이 흔히 하는 '의도되지 않은 대조 실험'들의 결과도 널리 알려졌다. 중학생인 아이는 영어를 배우는 데 애를 먹지만, 초등학생인 아이는 쉽게 영어를 쓰게 된다. 근년에 미국에서 한국인 2세들을 대상으로 한 실험은 그런 영어 습득 능력에서 열두 살이 경계라는 사실을 밝혀냈다. 이 실험은 사람이 대체로 열한 살까지는 첫 언어를 배우는 뇌의 부분으로 언어를 배우지만, 열두 살부터는 차후 언어들을 배우는 뇌의 부분으로 언어를 배운다는 것을 보여준 셈이다. 이 사실은 국제어를 모국어로 갖지 않은 사람들이 겹으로 불리하다는 점을 가리킨다—그들은 언어 하나를 더 배워야 할 뿐 아니라, 뒤에 배우는 국제어를 제대로 쓸 수도 없다.

따라서 경제의 논리는 사람들이 차츰 국제어를 모국어로 삼게 되리라는 것을 가리킨다. 사람들은, 비록 자신들은 너무 늦었지만, 자식들에겐 국제어를 모국어로 배울 기회를 주려고 애쓸 것이다. 이런 사정은 사람들이 필요에 따라 언어를 아주 쉽게 바꾼다는 사정을 잘 설명한다. 미국에 이민간 사람들이 영어를 배워 쓰는 데는 한 세대면 족하고 모국어를 잊는 데는 세 세대가 채 안 걸린다.

VII

유대인들의 역사는 이 점을 아주 또렷이 보여준다. 혹독한 여건 속에서 엄청난 값을 치르면서도, 유대인들은 그들의 동질성을 유지하고 정체성을 지켜왔다. 따라서 유대인들은 그들의 언어를 소중하게 지켜왔으리라고 여기는 것은 자연스럽다. 그러나 사실은 크게 다르니, 유대인들은 언어를 여러 번 가볍게 바꾸었다.

팔레스타인에 살던 유대인들은 기원전 6세기에 바빌로니아에 종속되었고 이어 페르시아의 지배를 받았다.

그래서 유대인들의 언어인 히브리어는 바빌로니아 상인들의 국제어였고 페르시아 제국의 공용어였던 아람어에 점점 많이 침윤되었다. 마침내 기원전 2세기경엔 유대인들은 히브리어 대신 아람어를 쓰기 시작했고 히브리어는 지식 계층만이 읽을 줄 아는 언어가 되었다. '성서'의 「느헤미야」는 기원전 3세기 전반에 편집되었는데, 그것이 히브리어가 산 언어이었을 때 씌어진 마지막 책이다. 대부분의 유대인들이 히브리어를 잊었으므로, 그들을 위한 아람어 '성서'가 나왔다. '번역' 또는 '통역'을 뜻하는 아람어 'targum'으로 불린 이 '성서'는 구전으론 이미 기원전 6세기 말엽부터 나오기 시작했고 기록된 것은 기원후 1세기부터 나오기 시작했다.

알렉산드로스 대왕의 정복 뒤 팔레스타인은 프톨레마이오스 왕조가 집권한 이집트에 종속되었다. 그래서 많은 유대인들이, 특히 알렉산드리아를 중심으로 한 이집트의 유대인들이, 아람어를 버리고 그리스어를 쓰게 되었다. 자연히, 히브리어도 아람어도 모르는 유대인들을 위해 '성서'를 그리스어로 번역할 필요가 생겼다. 그래서 기원전 3세기에서 2세기에 걸쳐 알렉산드리아의 박물관에서 번역판을 냈는데, 그것이 역사적으로 중요하고 뒤에 기독교도들의 성전이 된 '그리스어 성서 Septu-agint'다.

　로마 제국이 득세했을 때, 로마에 대항했다가 참담한 피해를 입고 유대인들이 흩어진 뒤, 유대인들은 아람어나 그리스어를 버리고 그들이 이민가서 정착한 곳의 언어를 쓰거나 이디시어(중세에 독일어의 여러 방언들에 바탕을 두고 유럽의 여러 언어들의 영향을 받으면서 진화한 언어로 주로 중부 및 동부 유럽의 유대인들이 썼음)나 라디노어(발칸 반도, 그리스, 그리고 소아시아의 유대인들이 쓴 로망스어)와 같은 혼성어를 공용어로 썼다. 히브리어는 유대교 학자들에 의해 명맥이 이어지는 '학자들의 언어'가 되었다.

　그 동안에도 히브리어를 되살리려는 노력은 꾸준히 이어졌다. 그런 노력은 근세에 특히 활발해져서, 히브리어를 글로 쓰일 뿐 아니라 말해지기도 하는 언어로 만들려는 움직임까지 나왔고, 1948년에 이스라엘이 세워지면서, 그런 노력은 성공했다. 언어의 끈질긴 생명력을 보여주는 것으로 보이는 이 사실은 역설적으로 사람들이 쉽게 언어를 버리고 채택한다는 것을 보여준다. 세계 곳곳에서 모여들어 여러 언어들을 쓰는 사람들이 정치적 이유에서 일부 지식층이 주도한 움직임에 따라 2천 년 이상 '학자들의 언어'로 남았던 언어를 공용어로 채택할 수 있다면, 영어처럼 큰 활력을 지닌 언어를 지금 사람들이 공용어로 채택하는 것이 어찌 어렵겠는가?

VIII

그러면 우리는 이런 사태에 어떻게 대응해야 할까? 언어가 워낙 중요한 도구고 국제어의 등장이 워낙 큰 영향을 지닌 현상이므로, 우리로선 영어의 득세를 그냥 무시하고 지낼 수는 없다.

조금만 생각해보아도, 국제어를 받아들이는 것이 합리적 대책이란 사실은 또렷해진다. 국제어를 쓰지 않음으로써 우리가 보는 손해는 너무 커서, 우리 사회는 다른 사회들에 뒤떨어질 수밖에 없다. 번역이나 통역을 대안으로 드는 사람들도 있지만, 번역이나 통역으론 너무 부족하다. 번역이나 통역에 들어가는 비용이 무척 크다는 점만이 문제가 되는 것은 아니다. 잠시만 살펴보아도, 그것들은 국제어를 쓰는 일에 대한 대안이 아니라는 점이 드러난다.

지금 미국에서 함께 활약하는 야구 선수들인 노모 히데오와 박찬호는 사이가 좋다고 한다. 그 두 동양인 젊은이들이 서로 도우면서 낯선 문화에 적응해가는 모습은 아주 흐뭇하다. 그들은 '동병상련'이란 말이 어울릴 만큼 처지가 비슷하다. 무엇보다도, 영어가 서툴러서 어려움을 겪는 모양이다. 코치가 '감정을 다스리게 *control your emotion*'라고 하자, 박이 '동작을 조절하게 *control your motion*'라는 얘기로 알아듣고 투구 동작을 연습했다는 일화나, 노모는 무슨 얘기를 해도 알아들은 것처럼 고개를 끄덕이기 때문에, 그가 얘기를 제대로 알아들었나 확인하기 어렵다는 코치의 실토는 그런 사정을 잘 보여준다.

그들이 영어가 서툴러서 치른 값은 크겠지만, 운동 선수들이 남의 말을 제대로 알아듣지 못해서 벌어지는 일들이 재앙에 이르는 경우는 없을 것이다. 그러나 비행기나 선박을 부리는 사람들의 경우는 얘기가 사뭇 다르다. 그런 사람들 사이에서 의사 소통의 불완전은 바로 엄청난 사고로 이어진다. 실제로 서투른 영어로 인한 항공 사고들은 끊임없이 나오고, 그런 사고들은 영어가 널리 쓰이지 않는 대륙들에서 훨씬 높다. 그래서 미국 조종사들은 관제사들과의 의사 소통이 시원스럽지 못한 아시아로 비행하는 일을 '암흑 속으로 들어간다'고 표현한다는 얘기까지 들린다.

위에서 든 두 예들은 이내 떠오르는 것들에 지나지 않는다. 국제어를 잘 쓰지 못하는 개인들이나 사회들이 알게 모르게 보는 손해들은 무척 크다. 그리고 점점 커질 것이다.

그러나 영어가 국제어라고 해서, 우리가 영어를 선뜻 쓰기는 어렵다. 무엇보다도, 우리 사회의 거센 민족주의

국제어에 대한 성찰

적 감정이 그런 일을 용납하지 않을 것이다. 아울러 우리 시민들은 한국어의 습득에 큰 투자를 한 세대들로서 국제어의 채택으로 현실적 및 심리적 손해를 볼 사람들이다. 따라서 국제어의 채택에 반대하는 목소리들은 거셀 수밖에 없다.

따라서 상당 기간 한국어와 영어가 공존하는 상태가 나오는 것이 바람직할 것이다. 그렇게 하기 위해선, 영어를 공용어로 채택하는 조치가 현실적일 것이다. 아울러 그런 조치는 우리 시민들의 영어에 대한 투자를 보다 합리적으로 만드는 길이기도 하다.

지금 우리 사회에서 시민들이 영어를 배우는 데 개인적으로 쏟는 자원은 엄청나다. 초등학생들 가운데 53만 명이 학원에서 영어를 배우고 거기 들어가는 비용은 3,500억 원으로 추산된다. 그리고 내년부터는 초등학교 3학년부터 영어를 배우게 된다. 나이가 들수록 영어의 중요성은 빠르게 커지므로, 영어에 투자하는 것은 학생들만이 아니다, 뒤늦게 이어폰을 귀에 꽂고 영어를 배우는 중년 시민들이 일깨워주는 것처럼. 영어를 배우는 데 그렇게 큰 투자를 하면서도, 우리 사회에선 그런 투자의 효율성을 높이는 길에 대해선 아무런 논의가 없었다. 영어의 공용화는 그런 투자의 효율성을 높이는 가장 빠르고 확실한 길이다.

IX

위에서 펼친 주장은 많은 사람들에게 낯설 것이고 이단적으로 들릴 것이다. 실은 적잖은 이들에게 신성 모독적 발언으로 느껴질 것이다. 생각해보면, 민족을 민족으로 만드는 요소들 가운데 가장 뚜렷하고 중요한 것이 민족어다.

그러나 인도·필리핀, 그리고 싱가포르처럼 이미 영어를 공용어로 채택한 사회들의 경험은 국제어를 공용어로 채택하는 일이 그렇게 어려운 것이 아님을 보여준다. 그런 사회들에서 영어에 대한 호감은 뚜렷하고 영어를 일상적으로 쓰는 데서 누리는 혜택은 언뜻 생각하기보다 훨씬 크다. 우리가 눈여겨보아야 할 대목은 그런 사회들에서 영어가 자리잡게 된 것은 그들이 영국이나 미국의 식민지였다는 사실 때문이다. 그래도 그들은 영어를 '식민 잔재'라고 여기지 않는다.

한번 영어를 공용어로 채택하면, 영어에 대한 태도가 근본적으로 바뀐다는 사정도 큰 무게를 지닌다. 영어를 모국어로 갖지 않은 사람들은 영어를 모국어식으로 쓰는 경향을 지니게 마련이다. 비록 자연스러운 현상이지만, 그것은 어디서나 조롱을 받는다. 그래서 우리 사회에선 오래 전부터 'Konglish'라는 말이 나왔고, 중국과 홍콩에선 'Chinglish'가 그리고 싱가포르에선 'Singlish'란 말이 나왔다. 그러나 요즈음엔 그런 영어도 분명 영어라는 생각이 점점 널리 퍼지고 있다. 우리가 국제어로서의 영어를 새롭게 바라보아야 함을 알려주는 현상이다. 실제로 지금 아시아에선 3억 5천만 명이 영어를 쓰고 있으며 이런 영어 인구는 미국과 영국의 인구를 합친 것보다 많다. 그들이 쓰는 영어를 '비영어적 영어'라고 무시할 수만은 없을 것이다.

그렇게 바뀐 태도를 반영해서, 호주의 한 출판사에서 아시아 영어 *Asian English*에 대한 사전을 마련하고 있다는 소식이 들린다. 아시아 사람들에 대한 편견이 가장 심했던 나라인 호주에서 그런 움직임이 나왔다는 사실은 그 일에 상징적 빛깔을 입힌다.

X

이 세상의 여러 문명들이 하나의 '지구 제국'으로 통합되어가는 지금, 영어를 앵글로색슨족의 언어로 여기는 것은 비합리적이고 비현실적이다. 영어는 이제 인류의 표준 언어다. 그 사실을 외면하는 것은 누구에게도 도움이 되지 않는다.

특히 경계해야 할 것은 민족주의적 시각으로 이 문제를 바라보는 일이다. 민족주의는 본질적으로 개인의 이기주의가 뿌리다. 자연히, 그것은 늘 '나'를 앞세우고 '나'를 되도록 좁게 규정하려는 속성을 지녔다. 그래서 '남들'의 존재를 상정하고 망 경제에 바탕을 둔 언어와는 잘 어울리지 않으며, 언어에 관한 정책에 무척 해로운 영향을 끼친다. 그런 해독은 이미 우리의 한문에 대한 정책에서 잘 드러났다. 우리 선조들이 한문을 자신들이 향유하고 나름으로 다듬어놓은 자신들의 언어로 여겼다는 사실을 잊고서, 한문을 중국인들의 독점적 유산으로 만들어놓은 것은 크게 어리석은 일이었다. 조선의 문학적 유산을 취합한 『동문선』의 서문에서 서거정이 자랑스럽게 말한 "그러므로 우리 동방의 글은 송·원의 글도 아니고 한·당의 글도 아니며 바로 우리 나라의 글인 것입니다(是則我東方之文 非宋元之文 亦非漢唐之文而乃我國之文也)"라는 진술은 5백 년 뒤 우리에게 무엇을 일깨워주는가?

국제어는 그것을 쓰는 모든 사람들의 자산이다. 그리고 그들 모두에 의해 다듬어진다. 이제 우리는 영어라는 국제어를 우리의 것으로 받아들여야 한다. 그리고 선언해야 한다, 우리도 그 국제어를 다듬어 발전시키는 일에서 우리 몫을 하겠노라고.

21세기를 어떻게 맞을 것인가?

I

미래를 맞을 준비를 하려면, 물론 먼저 미래가 어떤 모습을 할지 짐작해야 한다. 그런 짐작이 정확할수록 그리고 구체적일수록, 준비는 알차게 될 것이다. 근년에 21세기 인류 사회의 모습을 예측하려는 노력이 그렇게 많았던 것은 그런 사정 때문이다.

그러나 미래를 예측하기는 무척 어렵다. 미래 사회의 구체적 모습은 특히 짐작하기 어렵다. 우리가 미래를 예측하기 위해 할 수 있는 것은 추세들을 외삽(外揷)해서 몇 분야들의 대체적 모습을 그려보는 것뿐이다. 그나마 추세의 외삽은 많은 경우 그리 믿을 만한 것이 못 된다. 이 세상엔 직선적으로 변하는 현상들이 드물기 때문이다.

그래서 우리가 상당히 정확하게 그리고 구체적으로 예측할 수 있는 미래는 몇 해 정도에 지나지 않는다. 단

184

십 년만 넘어서도, 예측은 너무 부정확하고 추상적으로
되어서, 실질적 의미를 지니기 어렵다. 1970년대에 과연
몇 사람이나 막 보급되기 시작한 전산기가 사회의 모든
부면들에서 그리도 혁명적 변화들을 불러오리라고 생각
했겠는가? 그리고 그 '전산 혁명'이 '개인용 전산기
(PC)'에 의해 주도되리라고 예측했겠는가? 전산기는 아
주 거대하고 비싼 기계여서 수요가 제한되었다고 전문
가들이 자신있게 말하던 그때에? 그래서 '개인들이 가
진 전산기'를 상상하기 힘들었고, DOS라는 소프트웨어
도 chip이라는 말도 Microsoft라는 회사도 아직 나오지
않았던 그때에?

II

사정이 그러하므로, 미래를 맞는 일에서 가장 좋은 방
책은 어떤 환경에도 어렵지 않게 적응할 수 있는 사회를
만드는 것이다. 이것은 거의 자명한 얘기다. 그러나 그
일은 결코 쉽지 않다.

새로운 환경에 어렵지 않게 적응할 수 있는 사회는 모
든 부면들에서 부드럽고 다양해서 환경의 변화에 빠르
게 그리고 끊임없이 반응하는 사회다. 굳은 구조를 지닌
사회는 빠르게 바뀌는 환경에 아주 약하다. 그래서 우리
는 우리 사회를 모든 부면들에서 되도록 부드럽고 다양

185

하게 만들어야 할 것이다.

이것은 실은 역사가 거듭 보여준 교훈이다. 너무 굳어서 새로운 환경에 제대로 적응하지 못했고 그래서 갑자기 쇠퇴하거나 멸망한 사회들은 얼마나 많은가.

근년에 나온 가장 극적인 예는 물론 공산주의 체제의 붕괴다. 공산주의 이념은 19세기에 형성된 세계관에 바탕을 두었고 그런 세계관들을 현실에 맞춰 진화시킬 길을 마련하지 못했다. 자연히, 공산주의는 이념에서나 체제에서나 빠르게 바뀌는 20세기의 환경에 제대로 적응하기 어려웠다. 특히, 이용 가능한 정보와 지식의 빠른 증가는 공산주의 이념의 오류들과 체제의 취약점들을 드러냈다. 그래서 공산주의는 정보와 지식의 빠른 증가를 바탕으로 크게 발전한 자본주의와의 경쟁에서 차츰 뒤떨어졌고 마침내 무너졌다.

이것은 실은 생물적 종(種)들의 생존에도 적용되는 얘기다. 어떤 환경에 너무 많이 적응한 종은 그 환경이 바뀌면 이내 멸종의 위험을 맞는다. 그래서 과도한 특수화 *overspecialization*는 모든 생물들의 등뒤에서 늘 어른거리는 위험이다.

사회를 부드럽고 다양하게 만드는 일에서 우리 사회의 구성 원리인 자유주의는 또렷한 진단과 처방을 내놓는다. 자유주의는 개인들이 자신들의 판단에 따라 자유롭게 활동하는 사회를 지향한다. 자연히, 사회를 탄력적으로 만들어 예측이 어려운 미래에 대해 준비하는 일을 돕는다. "만일 모든 것들을 다 아는 사람들이 있다면, 만일 우리가 우리의 현재의 소망들만이 아니라 우리의 미래의 필요들과 욕망들을 이루는 데 영향을 미치는 것들을 모두 알 수 있다면, 자유의 논거는 아주 작을 것이다. 그리고, 반대로, 개인들의 자유는 물론 완전한 선지(先知)를 불가능하게 할 것이다. 자유는 예상이나 예측이 불가능한 것들에 대비할 여지를 남기는 데 필수적이다." 하이에크가 한 이 얘기는, 모든 진리가 그러하듯, 반세기가 지난 지금 오히려 더 생생하게 다가온다.

그것이 자유주의를 지향한 사회들이 큰 활력을 지니고 오래 번영을 누린 까닭이다. 본질적으로 예측이 어려운 미래를 보다 잘 맞기 위해서라도, 우리는 우리 사회를 보다 자유롭게 만들어야 한다. 정치 분야에서의 민주화와 경제 분야에서의 자유화가 다른 부문들에서의 자유화와 다양화로 이어지도록 하는 것은 그래서 21세기에 대한 준비에서 핵심적 사항이라 할 수 있다.

III

그런 기본 원칙에 몇 가지 실질적 원칙들이 더해질 수 있을 것이다. 지식의 중요성에 대한 인식을 새롭게 하는

187

일은 무엇보다도 중요하다.

인류의 미래가 어떤 모습을 하든, 미래에선 지식의 중요성이 지금보다 훨씬 크리라는 점만은 분명하다. 이용 가능한 지식은 빠르게 늘어나고 있을 뿐 아니라 늘어나는 속도 자체가 가속되고 있다. 자연히, 지식을 다루는 기술이 점점 중요해지고 있다. 실제로, 지식을 다루는 기술은 이미 개인에게나 사회에게나 생존에 결정적 영향을 미치고 있다. 지식 산업의 갑작스러운 출현과 발전은 이 사실을 가리키는 또렷한 징후다. 몇 해 전만 하더라도 어느 사회에서나 제조 산업의 중요성을 외치던 목소리들이 높았지만, 요즈음은 모두 용역 산업 *service industry*의 중요성을 외친다는 사실은 또 하나의 징후다.

안타깝게도, 우리 사회는 지식의 생산과 소비에서 상당히 뒤떨어졌다. 결정적 취약점은 우리가 이미 모습을 드러내기 시작한 '지구 제국'의 변두리에 자리잡았다는 사정이다. 정보와 지식은 제국의 중심부에서 대부분 생산되고 유통되고 소비된다. 따라서, 우리 사회로서는 중심부에서 생산되는 지식을 효율적으로 흡수하는 것이 중요하다. 생존에 필수적일 만큼 중요하다.

이런 사정은 지금 우리 사회에서 정보와 지식의 유통에 장애로 작용하는 것들을 걷어내는 일을 요구한다. 문명이 발전하면, 문명의 중심부와 변두리 사이의 '지식의 물매'는 점점 싸진다. 지금 우리 사회와 중심부인 서양 사이에 있는 지식의 물매는 무척 싸다. 그러나 지식의 유입을 막는 장애들 때문에 실제로 우리 사회에 들어오는 정보들과 지식들은 아주 작다. 그나마 제때에 들어오지도 못한다.

그런 장애들은 경제 분야의 보호 무역 장벽에서부터 문화 분야의 국수적 장벽에 이르기까지 다양하다. 그런 장애들은 예외 없이 그것들로부터 이득은 얻는 집단들에 의해 끊임없이 보수되고 높아진다. 그리고 민족주의적 성향의 지원을 얻어, 그런 장벽들은 거의 언제나 당연하고 사회에 이로운 것으로 선전된다. 그것들의 정체와 그것들이 끼치는 해악들을 널리 알리는 일은 긴요하다.

IV

정보와 지식의 교류를 막는 기술적 장벽을 낮추는 방책들도 마련되어야 할 것이다. 세계적 표준으로 채택된 것들은 우리도 채택해서 전환에 드는 큰 비용을 줄이는 일이 긴요하다.

지금 그런 기술적 장벽들 가운데 가장 큰 비용을 강요하는 것은 언어다. '지구 제국'이 나타나면서, 국제어의 필요성은 부쩍 커졌고, 현대에 세력이 가장 컸던 영어가 자연스럽게 그 자리를 차지했다. 언어가 사람의 삶에서 워낙 기본적인 도구이므로, 영어를 잘 쓰는 능력은 이제 모든 사람들에게 중요한 기술이 되었고 그 기술에서의 조그만 차이도 결정적 중요성을 지니게 되었다.

그런 사정을 반영해서, 지금 우리 사회는 영어를 잘 쓰는 기술에 큰 투자를 하고 있다. 비록 그런 투자는 대부분 개인들에 의해 자발적으로 이루어지지만, 그 규모는 무척 크다. 아쉽게도, 그런 투자의 효율성은 그리 높지 않다. 그런 투자를 보다 효율적으로 만든 사회적 기구들이 너무 부족하기 때문이다.

그런 사회적 기구들 가운데 가장 중요한 것은 영어를 공용어로 삼는 일이다. 영어가 공용어가 된다면, 개인들의 단편적 투자가 보다 큰 효과를 낼 수 있을 것이다. 이미 영어를 공용어로 삼은 나라들이 거두는 혜택들은 많고 크다. 단편적인 예를 하나 들면, 그런 나라들에선 CNN이 세계의 소식들을 실시간으로 알려주지만, 우리 사회의 텔레비전들은 그것들 가운데 일부만을 아주 압축해서 방영한다. 비록 작지만, 그런 차이들이 모인 장기적 효과는 결코 작지 않다. 시민들이 영어를 보다 잘 듣고 말하는 것만이 아니라 시민들이 지닌 나라 밖 사정에 대한 안목까지 영향을 받는 것이다. 이젠 우리 사회에서도 영어를 공용어로 삼는 일을 진지하게 논의할 때가 되었다.

　이것은 중요할 뿐 아니라 논쟁적인 사항이므로, 좀 자세하게 살필 필요가 있다. 여기서 강조되어야 할 점은 우리의 이해가 우리의 판단에 영향을 미치는 것을 경계해야 한다는 것이다. 우리는 이미 모국어인 조선어에 큰 투자를 한 세대들이므로, 우리에겐 모국어를 우대하는 것이 합리적이다. 그러나 논의는 아직 그런 투자를 하지 않은 우리의 후손들의 처지에서 진행되어야 옳다.

　시평(時平)을 늘려 단 몇 세대 뒤의 사정을 생각해보아도, 영어를 공용어로 삼는 일은 새로운 모습으로 나타난다. 영어가 국제어로서의 지위를 굳힘에 따라, 영어를 자연스럽게 쓰지 못하는 사람들이 입을 손해는 빠르게 커질 것이다. 그래서 단 몇십 년 뒤엔 민족어를 모국어로 가진 것은 누구에게나 감당하기 어려운 짐이 될 터이다.

　물론 영어를 공용어로 삼는 일은 지금 우리의 감정에 너무 거슬린다. 우리 말이기 때문에, 개인적으로 상당한 손해를 보더라도, 우리는 우리 말을 아끼고 써야 한다는 주장에 심정적으로 동의하지 않을 사람이 과연 몇이나 되겠는가? 그러나 자연스러운 것이 늘 합리적인 것은 아니다.

위에서 얘기한 것처럼, 이미 이 땅에 태어난 사람들은 모두 조선어에 큰 투자를 했다, 물질적으로만이 아니라 감정적으로도. 그런 사람들이 아주 큰 값을 치르더라도 조선어를 쓰겠다고 하는 것은 당연하고 합리적이다. 그러나 아직 태어나지 않은 세대들까지 미리 그런 판단으로 구속하는 것이 옳을까? 그들에게 국제어인 영어와 민족어인 조선어 가운데 자신들의 삶에 나은 것을 모국어로 고르도록 하는 것이 합리적이지 아닐까?

이 물음에 대해 그들도 조선어를 쓰도록 하는 것이 당연하다고 선뜻 답변하는 사람들에게 나는 간단한 사고 실험을 해볼 것을 요청한다. 만일 막 태어난 당신의 자식에게 영어와 조선어 가운데 하나를 모국어로 고를 기회가 주어진다면, 당신은 자식에게 어느 것을 권하겠는가? 한쪽엔 영어를 자연스럽게 써서 세상의 모든 사람들과 쉽게 어울리고 일상과 직장에서 아무런 불이익을 보지 않고 영어로 구체화된 많은 문화적 유산들과 첨단 정보들을 쉽게 얻는 삶이 있다. 다른 쪽엔 조상들이 써 온 조선어를 계속 쓰는 즐거움을 누리지만 영어를 쓰는 것이 힘들고 괴로워서 다른 나라 사람들과 어울리는 것을 기피하고 평생 갖가지 불이익을 보고 영어로 구체화된 문화적 유산들을 거의 향유하지 못하고 분초를 다투는 정보들을 실시간으로 얻지 못하고 뒤늦게 오역이 많

은 번역으로 얻어서, 그것도 이용 가능한 정보들의 몇십
만분의 일이나 몇백만분의 일만 얻어서, 세상 사람들과
경쟁해야 하는 삶이 있다. 당신은 과연 어떤 삶을 자식
에게 권하겠는가? 아예 그에게서 선택권을 앗겠는가?
당신의 자식은 아직 조선어를 배우고 쓰지 않아서 조선
어에 대한 심리적 투자가 없고, 자연히, 조선어에 큰 애
착을 지니지 않은 터에?

  영어를 공용어로 삼으면, 우리의 전통적 문화가 해를
입으리라는 주장도 있다. 이것은 언뜻 보기에 그럴듯하
고 많은 동조자들을 얻을 주장이지만, 그 근거는 아주
부실하다. 전통과 문화는 그것들이 사람들이 살아가는
방식에 영향을 미치는 한도에서 뜻을 지닌다. 만일 우리
전통과 문화가 우리 후손들에 의해 국제어로 구체화된
다면, 그것들은 지금 조선어로 구체화된 것보다 훨씬 많
은 사람들에 의해 향유될 것이고, 자연히, 훨씬 큰 활력
을 지닐 것이다. 그렇게 되면, 우리 민족은 하나로 통합
된 인류 문명을 이루고 발전시키는 데서 정당한 우리 몫
을 할 것이다. 지금 우리 문화가, 과학이든 예술이든, 과
연 인류 문명에 얼마나 큰 공헌을 하고 있는가?

  '박물관 언어'가 된 우리 민족어를 배우고 연구하는
학자들은 늘 나올 터이므로, 조선어로 구체화된 우리 전
통과 문화에 우리 후손들이 접근하지 못할 위험은 거의

21세기를 어떻게 맞을 것인가?

없다. 지금 우리 시민들 가운데 한문을 제대로 배운 이
들은 얼마 되지 않지만, 실은 젊은 세대들에선 한자를
제대로 아는 사람들도 드물지만, 한문으로 구체화된 우
리 문화 유산들을 우리가 그리 어렵지 않게 대할 수 있
는 것과 마찬가지다.

언어는 도구다. 언어가 사람에게 아무리 중요하다고
해도, 그리고 모국어가 우리에게 아무리 소중하다고 해
도, 언어가 도구라는 사실은 바뀌지 않고 그것을 우상으
로 떠받드는 것은 비합리적이라는 사실은 오롯이 남는
다.

VI

외국 문물의 유입에 대한 장벽을 낮추는 일은 언제나
거센 민족주의적 반발을 불러온다. 농산물 시장을 여는
일이 맞은 저항은 이 점을 잘 보여주었다. 언어가 민족
주의에서 핵심적 지위를 차지하므로, 영어를 공용어로
삼는 일은 특히 거센 반발을 불러올 것이다.

이렇게 보며, 우리 사회의 거센 민족주의를 다스리는
일은 21세기를 맞는 일에서 핵심적 조치라는 것이 드러
난다. 실제로 우리에게 가장 어려운 과제는 민족주의가
거의 비적응적 형태가 된 지금 우리 사회의 거센 민족주
의적 성향을 어떻게 다스리느냐 하는 것이다. 독도 문제

에서 보듯, 우리 사회에선 국수주의적 주장들이 칭송을
받고 합리적 주장들은 거센 비난을 받는다. 실은 민족주
의적 감정을 불러오는 문제들에 대해서는 차분한 논의
조차 어렵다.

민족주의적 열정은 어느 사회에서나 '위험한 불'이다.
작은 사회들에선 특히 위험한 불이다. 그 불을 다스리는
일에서의 성공 여부는 우리 사회의 발전에 결정적 영향
을 미칠 것이다. 그리고 그 어려운 일은 자유주의 지식
인들의 용기 있고 끈질긴 노력을 요청한다.